ひまわりごっこ

カバー絵　成川雄一
装　幀　熊澤正人

第一章

＊

「そう、でももうそんなのどうでも良いのよ。」

病院の最上階にある広々とした特別室は、窓外の黄色いいちょうの照り返しもあって晩秋の明るい陽光に満ち、手術後の母の容体も一段落という状態だった。自宅に父を一人残して入院すれば、必ずや父が二号さん宅へ気兼ねなく入り浸ってしまうに違いないと気懸りなはずの母に、「お父様、外泊なんかしないで、ちゃんと毎晩家に帰ってるわよ。」と報告した私への母の答えは意外だった。私の知る限り、いつもいつも父の天秤が自分と二号さんのどちらに振れているかが母の関心の中心を占めていたからだ。

どんなに誘っても私の嫁ぎ先に泊まりに来ることはなかったし、たまに私と旅行をしても母の心は上の空で、母の心が、留守をいいことに女の所にいるだろう父に向って鬱々としていることが見てとれた。

父に女がいることをはっきりと私が知ったのは高校を終える頃だが、何となく両親の間の泡立つ雰囲気は物心つく頃から感じ取っていた。

母は十八歳で結婚してから七十歳になる今まで、殊に父が応召先の中国から復員してきた昭和二十年、まだ三十歳になるやならずからずっと父の女狂いには苦しんでいた。しかし身体は丈夫で、近所の奥さんたちと戸外で楽しそうに話したり、笑ったりする高い声は明るく弾んで、家の中にいても聞こえてきたのを覚えている。

母は人前では自分の悩み、弱みを見せることを嫌って、気位高く、シャンと背筋を伸ばして生きていた。

「胃潰瘍らしいから、ちょっと近所の病院で手術して来るわ。」と気丈に報告して来た母を、無理やり説得して大病院で精密検査を受けさせたのは、昭和六十二年のことだ。年の瀬もつまってから、レントゲンでも発見しにくい膵臓癌の末期であることがわかり、都内の有名病院に緊急入院ということになった。そして、手術や、苦しい治療を経ながら次の年の夏の盛りが過ぎて行った。

父が今どこで何をしていても、もうどうでも良いという母の諦観、或いは達観は、一体どこから生まれて来たのだろうか。

今迄の母にはなかったこの静かな境地は、父の様子を報告した私の方が恥ずかしくなるくらい素っ気ないものだった。

間近に迫った「死」の予感が、永年苦しみ続けた嫉妬の檻から母を解放したのだろうか。私はほっと安堵もし、また一方で限りなく哀れさが募った。

ちょうど同じ時期に、人気絶頂期にある大スターが母と同じ病棟に入院していた。その病棟の前に集まるファンたちが見上げる窓辺に、容態のよい時は午後の三時頃に彼が姿を見せる。そして、花束を振ったりして応援するファンたちに、「必ず元気で銀幕に生還する」との気概を見せて手を振るのだった。

母と同じように死の淵に立ちながらも必死に生きようとする人もいる。しかし、母の態度にはまったく娑婆への未練が感じられない。かといって絶望しているというのでもなく、むしろ明るく従容《しょうよう》として死の抱擁に身を任せているように思えた。娘の私でさえ、「もういいわね。今まで十分頑張ってきたから疲れちゃったのでしょう。」と、まだ七十歳になったばかりの母との別れを自分に納得させていた。

＊

どこの夫婦でも多かれ少なかれそうであろうが、父と母の生い立ちは非常に異なったものである。

父の生母、私の祖母にあたる人は近在切っての豪農である庄屋の生まれだ。

昭和天皇崩御の直前に父が亡くなったあと、父の思い出話を辿ってうろ覚えながら訪ねた茨城県の中野という地にある祖母の生家では、明治の初め頃からという自家発電装置の水車が、もう動かないながらも、どっしりした門構えの奥に見えていた。

祖母は結婚して子をなしながら、何が気に喰わなかったか直ぐに婚家を飛び出してしまった。そして、関東一円の鐘などを作る同じ茨城県内の鋳造業の祖父の元へ、多分多額の持参金つきで嫁して来たようだ。

祖母は、祖父のなりわいとは別に、独自で無尽講を成功させ、地方相互銀行の基礎を作り上げた。裸馬を乗り回し、会社からは「帰ったぞ！」と怒鳴りながら家に入ってくるような、男勝りの、行動力のある豪胆な女性だった。だからというか、祖父の影は滅法薄い。

祖母の写真や、女性実業家としての祖母への賛辞が書かれた新聞記事などがいくつも残っているが、祖父のものは葬式用の肖像画がたった一枚だけ。その肖像画を見た父の長兄が、「こんな立派なひげは、はやしてなかったんだけどな。」と不思議がった。もしかしたらそのカイゼルひげは、葬祭用に祖母から祖父への贈りものだったのかもしれない。

「女丈夫逝く」と祖母の死を伝えた新聞の小さな記事を、父はいつも財布に入れて大切にしていた。

父は明治晩年に、「四十代の恥かきっ子」として四人兄姉の末っ子に生まれ、溺愛されて育った。「小学校から帰ると、おっ母さんのおっぱいを飲んだ。」と自慢げに懐かしがっていた。しかし、手に負えないがき大将でもあったらしく、絶えず祖母に折檻されたという。

「裸になって『さあ殺せ』というと、さすがにおっ母さんも諦めた。」という父の芝居っ気は、その頃に培われたのだろう。

自分の気質をそっくり受け継いで、豪胆でありながら手先も器用で才気走っている父を誰よりも愛しんでいた祖母は、ふんだんに小遣いを与えて、やりたい放題をさせて父を育てた。

また、負けず嫌いな祖母は、こともあろうに最初の婚家に残して来た娘の子供、つまり自分の孫が成績優秀なので、同い年の父が彼に負けることは腹に据えかねたようだったと、聞いたことがある。残念ながら彼の方はすんなり東大を卒業してしまうのだが。

一方、母のふるさとは日本橋魚河岸だ。

母方の祖父は、河岸で豆や雑穀の卸販売を営み、祖母はこれも同じく鮮魚を扱う仲卸の家の出である。

先妻を不治の病であった結核で亡くした祖父の所に、行き遅れといわれる三十歳近くになって後妻として入った祖母は、五、六年の間に三人の子をなした後で、これまた結核で早くに夫を亡くしている。

母方の祖母は、父方の祖母の豪胆とは程遠く、何事にも遠慮勝ちでつつましく細やかに家事をこなす女性だった。当時としては高過ぎたであろう、一メートル六十センチ程の背丈を恥じて、いつも猫背で俯きながら歩いていた。

私やいとこ達が小さかった頃、祖母は孫達が海辺で遊ぶのを黒っぽい盲縞の着物を着て、黒い傘を差して、半日も辛抱強く見守ってくれていた。当時はとても年寄りだと思っていたが、今数えてみるとまだ六十歳にも手が届かなかったのだ。

母はずっと年の離れた異母姉二人、そして同腹の兄と姉の都合五人姉兄の末っ子で、愛されて育った。

祖父亡き後、祖母は実家からの援助でつましく暮していたが、先妻の子供達や夫の兄弟のことまで小まめに面倒を見るやさしい人柄に加え、特に頭を抑えつける姑もいないので、大らかに振る舞い、明るい雰囲気の家だったらしい。女所帯で、姉妹四人がいずれも美しさを競い合っていたので、なにかと言っては男性達が入れ替り立ち替り訪れていたそうだ。

そんな時代に、父は大学受験準備のために、東京日本橋で魚の仲卸業を営む男のところに嫁いで来ていた姉を頼って上京した。母の実家とは商売もまた住居も近く、その上、両家は遠い縁続きだった。

祖母は自分が婚期を逃したという負い目から、娘たち四人を早く結婚させようと思っていたので、男性達をおびき寄せたというきらいもある。女性大好きな父が、そうした好機を逃すはずもなく、若くても小遣いはたっぷりもっている上、人の気持ちをそらすことなく優しく接するので、訪れる他の男性達を措いて祖母の第一のお気に入りになった。そして、祖母の家に入り浸っている友達まで含めて、若者達の面倒を見るためと称して、みんなを食事はもちろん、映画、海水浴、登山などに連れ回した。夏には、千葉に借りた避暑宿に行って遠泳、飛び込みなどを楽しみ、秋には近郷の山や富士登山、冬はスキー、スケートと、大勢で過ごす中で、父と母はごく自然に結婚へと進んで行ったようだ。

そのためかどうか、父は上京して最初の年は受験に失敗、一浪して私大の合格にこぎつけた。

時代は昭和に入っていた。

その頃の封建的なサラリーマン家庭とは異なる、現代の若者が理想とする男と女の「愛」を中心とした結びつきで、父と母の結婚は成立していた。

昔の結婚は殆どが見合いからと考えられがちだが、閨閥を重んじない商家の庶民の間では、親戚だか友達だか書生だか分からない若い人を大勢家庭の中に抱えていて、そこでは明るく健全な恋愛がいつも芽吹いていたのだ。

ただ、現代の女性が家庭の基軸の最重要要件を家柄や親の資産ばかりでなく、配偶者の経済力に置いていること。それでいながら自身の経済力の劣勢、つまり自分の稼ぎが悪くても夫と対等な地位を要求するという夫婦関係と、昭和初期のそれとは明確に違っている。

結婚生活では男は絶対的な庇護者となり、女の一呼吸、一呼吸に深い配慮を見せて、経済的にも社会規範の中においても責任を持ち、女は家事をとりしきるというそのことだけを本命に、それ以外はすべて夫に絶対的信頼を寄せて身を委せて生きた。

母は父の敷いた居心地の良い枠内からはみ出すことなく、可愛らしく、慎ましく、しかしながらその檻の中にあってならば夫に対する途方もない我儘、暴虐な言動、ふるまいをも許されていた。父も権力を振り廻すことなどしないで、優しく母を遊ばせていた。

甘く理想的な結婚生活。

ひとつ父に誤算があったとすれば、母への手を替え品を替えての細やかな愛情表現の工夫を途絶えさせないことが、かえって二人の関係をねっとりとした情愛の粘膜にからませ、疲弊させて行ったのではないかと想像される。

一人の女だけにはまり込まねばならない日常から、たくさんの女を愛したいという雄の本能が父の中に目覚めていく。父は、母のために作った檻に逆に自分が閉じ込められてしまったことに気付いて、さぞ慌てたことだろう。檻の中で甘えて、すねて、父に小さなひっかき傷を負わせる子供のような野生の母を愛おしみながら、同時に父は他の雌に目を向けていくのだ。それはごく単純な過程だったのだと、私は娘でありながらも年老いた今だから納得してしまう。

よく言う、空気のような関係の夫婦が、愛の存在などいつか意識の外におき忘れて、家庭生活という桎梏にガッチリと嵌めこまれているのに比べて、常に愛を確かめ合って死ぬまで離れないでいるというのは、一見すばらしいことに見える。だが日々変貌する人間の心を同じ愛情関係に維持するのは、時々刻々、成長変化する人間である以上余りにも難しい。それが難しいからこそ現代では年間に三組に一組の夫婦が離婚するといわれるのだろう。父と母に離婚の危機がなかったかといえば、それはやはり常に風前の灯であっただろう。

だが、父には母に対する愛情というよりは深い憐れみがあり、また母には嫉妬によってさらに燃え盛る父への憧れがあって、別れられないのだ。これ以上に凄惨な〝愛情生活〟があるだろうか。

拗ねたり憎まれ口をいくらきいても、それはのれんに腕押しのようで、父は変わらず母に優しいのだ。それが母をどんどんつけ上がらせ、一方で悲しい自己嫌悪につき落とす。苦しさからただただ甘えに逃げようとする母の哀しさの淵は、どんなに深かっただろうか。

＊

人は誰でも生涯に幾つかの大切なキスの思い出がある。

私の忘れられない最初のキスは父からのものだ。

ちょうど大学受験を控えて勉強におおわらわだった私は、何となく不穏な両親の雰囲気を特には気にしていなかった。これまでにも度々あったことだから。

父と母は常に男女の関係を、私との親子の関係より優先させていた。

銀座に食事に行く時はいつも父と母は腕を組んで歩き、私は小走りで先に立ったり後に従ったりした。

父の土産は帽子やドレスなど、ほとんど母のものばかりで、時々私の枕元に置かれるのは、子供の手に負えないようなフルートとか誂えの白いスケート靴とかいったもので、嬉しいというよりは随分と負担に感じたものだ。

しかしながら、二人とも大家族でかなり型破りの育ち方をして来たためか、子供の私には模範的で常識的な親子関係を築いて行こうとしていた。

大らかで優しい父であり、規範を大切にするちょっと厳しく上品な母であったから、私も娘として子供以上の分別を示すことなどあえてしないでいた。

それだから、思春期で大人になりかけていた私に、父とのこじれた関係を打ち明けることは、母としてはよくよくのことだったろうと思う。相変らず父のまだ帰宅しない夕食後のリビングで、二人熱いお茶を飲んでいた。

父の好みでリビングはほの明るいダウンライト、母の常席のサイドテーブルの下の棚には煙草の箱がたくさん積まれている。若い頃は煙草など嗜まなかった母だが、いつしか父への恨みを深めて行く母のために、父が自ら買って来ては切らさずに買い溜めておくようになったのだ。反対にヘビースモーカーだった父自身は、何故かその頃、ピタリと煙草を吸わなくなってしまった。

煙草を指から離さずにお茶をすする母の頬が、白く浮き上がる。口紅を塗る時や、茶わんを口元に運ぶ時、薄い唇がヒリヒリと震えるのが母の癖だ。私は「何で震わすの。」と笑っていたが、しかしいつも母の唇を美しくはかないものと眺めていた。

その夜、唇の震えで母が緊張しているのがはっきりと伝わって来た。

「メイちゃん、お母様、お父様と別れようと思うんだけど、いいかしら。」と母が言い出した時、理由は聞かない、聞きたくないけれど、すぐに当然だろうと思った。私は十八歳になっていた。

両親の離婚は、私にとっても大きな生涯の岐れ道になるのだということには、全然思い到らなかった。また苦しんでいる母を慰めようとか、相談に乗ろうという思いも起こらなかった。

私には、自分でもどうしようもないと思う程、スパッと割り切って迷わない冷たい性格が胸の底に横たわっている。

「ええ、いいわよ。お母様の良いようにしてね。」

母の愚痴を聞いてやろうとかいたわろうという気持ちから、母に理由をたずねることもしなかった。

母の気持ちを知っても私は胸の波立つことなどまったくなかった。それ迄に、父からも母からも娘の私が納得できない仕打ちを受けた経験を一度もしたことがなかったからだ。

その後、毎日、普通に学校に通い、受験のための勉強に取り組んで二週間程が経った。しかし、父と母の間には何事も起きない。

日曜日の午後、二階で勉強中の私の所に母がおやつの果物を運んで来た。母に離婚の相談をされてから、宙ぶらりんの心でいた私は、「いい加減にしてよ」と急に苛立たしくなった。

「お母様、私はいいんだからさっさと別れたら。」

「別れたい。別れたいんだけど、好きで別れられないの。」

母が愚かで、無残で、私は涙が溢れて止まらなくなった。母は畳にへたり込んで、子どもの様に泣き出した。

男と女の相克に初めてぶつかって、この時、私の中で子供時代がガラガラと崩れた。

母が階下に去った後も、私は机に突っ伏して泣きじゃくった。

いつの間にか父が二階にあがって来て、泣いている私の後から両肩に手をかけて首筋に静かにキスをした。

「メイ子、ごめんよ。お父ちゃまはお母ちゃまが何と言っても別れないんだ。メイ子もお母ちゃまもずーっとずっと可愛いんだから。」

私が年頃になって幼児時代の両親への「ちゃま」呼びかけを「さま」に変えた後も、父は「お父ちゃま」、「お母ちゃま」という呼び方を変えていなかった。これは私が五十歳を過ぎて父と永遠に別れる迄、変わらなかった。

父のキスで心がやんわりと温まった。父のふくよかな手の平。父はお釈迦様と同じ手相で、知能線と感情線の二本の線がくっきりと離れて手の平を横切る。あの手の平の温かさは、今でも思い出す度に感じることができる。

「なーんだ」と安心して、私は明らかにその日、大人へと脱皮した。自分では気付かなかったけれど、自分の将来に大きな影を落とすであろう両親の離婚に、心の底では十分脅えていたのだろう。

二人のことは二人に委せて、自分自身は大人への道を探して行こうと、妙にサッパリした気分になったことを覚えている。

その頃はまだ、夜半に杉並の住宅街にラッパを鳴らしながらチャルメラが廻って来ていた。「メイ子、華子、行くぞ。」父の一声で飛び出し、三人揃って屋台の支那そばを食べた。父の切り替えの巧妙さは、こんな時に際立っていた。馬鹿馬鹿しいと分かっていながら、母も私も反射的に父の芝居につき合う癖がついてしまっていたのだ。

＊

戦後、倉庫業を経営していた父が、作業現場から営業職に転換を命じると、「営業には向いていません。」と言って尻込みする社員に、「元々営業に向いてる奴なんかいないんだ。場所が人を育てるんだ。営業をやっている内に向いて来る。」と励ましていたが、父は根っから実業家向きにできている人ではないかと思う。

大学を卒業して最初に採用された中部電力で、社長だった松永安左ヱ門がくるりと椅子を回して振り向きざま、「君はサラリーマン向きじゃない。」と言ったそうだ。細かな帳簿つけに飽きてしまいミスが多く、その度に訂正印を押していたら、「君、ハンコを押せばよいというもんじゃない。」と上司に叱られ、すっかり嫌気がさしていたが、それでも「石の上にも三年」とおっかさんに言われたからと、丁度三年勤めて辞表を出した。

中部電力のサラリーマン時代に、母の女学校卒業を待って結婚した。母は八歳年下で、十八歳だった。そして直ぐ私が生まれたから、私は名古屋生まれになる。

父は大型動物が好きで、いつもシェパードやエアデルテリヤなどを飼っていた。

愛犬のロリーに綱をつけて、赤ん坊の私の乳母車を引っ張らせ、散歩を兼ねて公園を走らせたそうである。当然乳母車は引っくり返って、私の額には未だに残る傷跡がある。

その頃は豆腐屋の二階に間借りしていて、洋行先で買った大きな鏡台、ベッド、書棚を運び込んで、ねだが抜けないかと大家さんに気を揉ませたという。部屋に鼠が出た時は、空気銃でバンバン狙い打ちして、これはさすがに大屋さんから大目玉を喰ったのだと。

ヤンチャで若い父の姿が彷彿する。

中部電力を辞めてから、父は雑誌を発行してみたり、元々の実家の仕事である鋳造に手を出したりして、色々失敗を楽しんだらしい。

結局は、祖母が持参金をタネ銭とした無尽講から発展させた金融業を長兄が継いでいたのでそこに入り、茨城県内の支店長をいくつか勤めた。

私は県内の幼稚園を二回、小学校を二回転校している。

この銀行家時代の経験から、金を廻すなら一四パーセントの粗利を産むべきだというのが、父の経営信念の根幹になった。

父は銀行の支店長時代に終止符を打って独立した。何を作っていたかは覚えていないが、東京へ出て機械メーカーを起こした昭和十六年、私が小学校二年の時だった。日本橋の父の姉の家の二階が事務所で、数人の社員が働いていたのを覚えている。

設立した会社は成功したが、数年で実家の銀行の資金融通のために売ってしまった。資金の元は実家から出ていたのだから仕方のないことだったのだろう。

しばらくして、品川で潰れかけた鉄工所を買って建て直した。最初は、「図面を逆さに見ている」と工員たちに馬鹿にされたそうだが、経営はすぐにうまく行って実業家としての基礎を築いていった。
そんな順風満帆の時に、召集令状が来てしまったのだ。
「そんなに何度も職を変わって不安じゃなかった？」と母に聞いたことがある。
「何で？」とすぐ答えたから、生活費とか先行きの心配は全くなかったのだろう。
母は父に全幅の信頼を寄せていて、生計のことなど関心の外だったのだ。ただ
「引っ越しするたびに家具が壊れるから、とても嫌だった。」のだそうだ。

父が出征して直ぐに母は湘南に住む姉を頼って、その家作に疎開した。

「若い時にはモデルに誘われた」と得意にしていた母は美しく、年齢も私の小学校仲間の母親達の誰よりも若くおしゃれで、洋裁の心得があったからモンペではなく前当てつきの吊りズボンを仕立てて着ていた。

大きな畑とテニスコートを臨む小高い丘の上に、伯母の家はあった。伯父は商

社の社長だったので人の出入りが多く、母は伯父やその社員、友人達に人気があって、私の知る限り、まだ二十代だったその時の母は生涯で一番生き生きと輝いていた。

出征後すぐに〝中支〟（一体中国のどこだったのだろう）に移動した父からは、割とマメに葉書が来た。母は毎晩トランプ占いで父の帰国を祈ってから眠るのが習いだった。

ひたすら父を恋う可愛らしい母。

前略

三月十四日は私の誕生祝のメイ子、華子の手紙拝見しました。又写真在中で喜びました。

　年中皆着た切り雀で可愛そうです。銃後といへお前はじめ子供は何とか工夫して着せてやって下さい。私の古洋服を改造して廃物利用して下さい。お前も去年よりは太った様ですね。

　メイ子の文章は子供としては如何にも自然に対しての感情がよく音楽の影響にも思ひます。

　街頭写真も結構ですがもっとスマートな君の写真を送って下さい。――略――

　兎に角家族のこの写真入り手紙にしみじみ幸福感をかんじます。有難う。

前略

　三月二七日附手紙拝見。当地も暖かくなりました。今日は彼岸の草餅をたべました。緊張の中にも戦地らしいなごやかさもあります。

然し戦地故敵の弾丸の飛んで来る事もありますが割に平気です。自分が軍人なるを無意識に感じているせいですね。支那のたまは仲々あたらぬですよ。安心してください。神様がついていますしお前達が朝夕祈ってゐてくれるからですよ。病気らしい病気もせずに勤務してゐます。お前達のアルバムを作りますからアルバムを送ってください。物資不足でどうしてゐるかと案じてゐます。ないものがあった時など送ってやりたくなります。丈夫に育って下さる様に祈ってゐます。

戦地からのはがきは検閲済みの印こそあるが、月に三通か多い時は五通も送られてきていた。

住所は中支派遣第三十一野戦郵便局気付。

何とも漠然としているが、母も度々葉書や写真入り封書を送っていた形跡がある。

父の戦場は割とのんびりした雰囲気だった様だ。父らしく「もっとスマートに美しく」などと母への甘い注文や、「依頼心を捨てて自分の考えをしっかり持ちなさい」などと母を励ます文言に満ちていて、ラブレターそのものだ。離れているからこそお互いに真直ぐに相手を見つめていたのだろう。羨ましい程の恋情に溢れている。

＊

当時は、ある程度大きな家には、陸軍の兵隊達が割りふられて宿泊していた。疎開先の私の家の二階には隊長さんが宿泊していた。母は昼間は日当りの良い縁側で、母目当に通って来る数人の兵隊さん達と楽しそうに歓談し、コロコロと笑っていたが、夜は布団の下に短刀を忍ばせていたのを知っている。

父が出征してからは、父の会社を母の兄が代りに切り盛りしていたから、生活費も心配なかったのだろう。湘南の鵠沼海岸は空襲警報、警戒警報はひんぱんに鳴っても、さいわい一度も敵の襲撃を受けなかった。

私と同じ年頃の母方のいとこ達も、伯母の家や家作に疎開して来ていたから、私は毎日みんなと楽しく遊んでいた。後に娘が学校で、戦時中の悲しかった思い出を家の人に聞いてくる様にという宿題が出て、悲惨な経験を持たない私は困惑してしまった。

＊

待ちに待った戦地からの父の帰還は、終戦の年の冬だった。父は戦地に居ながら帰国後の会社組織の構想を練っていたようで、最初に帰国して我が家に帰ってきたのは父ではなく、会社に雇う約束をした上官の将校達五、六人だった。

父が召集された頃は、すでに兵隊の人員不足に悩んでいた陸軍が大学出の年輩者にまで手を伸ばしていた。将官などになったらなかなか帰れないと踏んでいた父は、一兵卒から始まって最後の階級は上等兵だった。上等兵でも面倒見の良い父は皆に慕われ、配膳係にもぐりこんで、少しの体重減で帰国するまで元気でいることができた。

特権で兵隊達より早く日本に戻って来た上官の将校達は、日本では職のない農家の二男、三男の職業軍人だった。その五人ばかりに目をつけて復員後に雇用してやると戦地で話をつけて、先ず母の許に送りこんだ父の用意周到ぶり。敗戦と同時にすぐさま、実業家としての活動を始めたのだ。

父にはサラリーマン生活よりなお退屈な部隊の毎日だったのか、戦場の様子についてー切喋ったことがない。

母のもとに帰った翌朝には、湘南から東京に出て、以前の会社の整理、新しい倉庫業の創設にと逞しく動いた。東京から帰る度に米兵が闇市に放出する2kg以上もあるチーズ缶や、刑事コロンボが好物のチリコンカルネ缶とか、大きな西洋人形などのお土産が一杯で、私には楽しい新しい生活が始まった。

しかし、母には父の帰還が本当の苦難の始まりになった。それまでも、母は父の浮気にはずっと悩まされ続けていたけれど、それは単なる浮気遊びだった。

「お父さん、夜おうちに帰って来るの?」と、父方のずっと年長の従姉達が、小学生の私に訊いて来る。子供は大人の思うほど幼くはない。私は子供ながらに、これはきっと母に不利な質問だなと察した。

「うん。毎日早くおみやげ持って帰ってくる。」

従姉達はがっかりした様子だったが、父の女遊びは親類の中で有名だったのだろう。

母は、早生まれで十八歳になったばかり、女学校の卒業を待っての結婚だった。

「お母さんと別れるのが悲しくて結婚式の間ずっと泣いてた」と、三十歳近くなって意気揚々と結婚して行く私に向って母が言ったものだ。

父と母の交際期間はとても長かった。

父が東京の大学を受験するために、日本橋の魚河岸で商売を営む家に嫁いだ姉の家に転がり込んで、のびのびと都会生活を楽しんだのは、母が七歳のころだ。母が学校に遅刻しそうになる度に、父がタクシーで学校まで母を送って行ってくれたという。

どんな場面でも、父の女に対する優しさは極まっていた。特に寡婦だった私の母方の祖母に気に入られていて、父は人形のような母に最初から目をつけていたらしい。

母の没後、父からのたくさんのラブレターの束を母の手箱から発見したが、「何故ちゃんと返事を寄越さないか」と随所に書いてあるから、母にとっては幼い子どもの心持ちで大好きなお兄ちゃんではあっても、恋愛感情を抱くということではなかったのだろう。

*

古今東西、蜻蛉日記、蝶々夫人に始まって夫の浮気に悩む妻の話は枚挙に暇がないが、大概は夫の愛情が他の女に移る苦しみであろう。

男に捨てられてこそ艶歌もヒットし、芝居でも涙をしぼらせて成功する。しかし、確かに他の女を愛しているのに、自分への愛も接し方も以前と幾分も変らないということも十分に苦しいことなのだ。

父は、母を連れて食事に行ったり、帽子を買ったり、洋服を買いに出かけたりした。プレタポルテなどが出て来る以前だから、たくさんの布地の中から熱心に母に似合うものを選び出し、何冊ものスタイルブックから衿はこう、肩のラインはこっちでと注文して仕立てさせ、母をより美しく見せることに熱心だった。また、母が拗ねたときなどは、母を追いかけて部屋中を走り廻って抱きしめたりした。事情が余り判らなかった娘の私は、両親の戯れごとが嬉しくてピョンピョン跳ねてはしゃいで、二人の間に割りこんだものだ。

こんなに優しい父に対して、何で不機嫌にするんだろうと母を批判の目で見てもいた。

本来父の持っている男の優しさと、絶対に母を手離さないという囲い込みが、母をどんどん惨めにし、母をどんどん暴君《タイラント》に仕立てて行く。

若い娘好きな父は、次から次へと女を囲ってそれを一人も捨てずに甘やかしながら溜めこんで行った。その彼女たちは、若さに衰えを見せ始めるある時期から、一様に心を病んでタイラントに変わって行った。

父の複数の女囲いに母は最後まで気付かなかったが、私はずーっと後になって知った。

「愛人というよりペットだわね。」と父に憎まれ口を利いたことがある。

「自立できない馬鹿ばっかり集めたってわけね。」

昭和の良き時代の「強い男に守られてこそ幸せ」という女の構図を私に与えようとする父の思いと、経済力を持とうとする私の価値観とが徐々に齟齬を来して行った。

「メイ子、そう言うなよ。お前なんか見ろ、その内、子供や亭主に見離されて泣くぞ。」というのが可愛くない女に育って行く私への警告だった。

父の一番の長所は何といっても、弱いものを差別しないところだ。

未だ農村と都会の格差が甚だしかった戦後のある時期まで、中流家庭の多くは「姉《ねえ》や」という住み込みの小女を雇っていた。家の造りにしても最初から玄関脇に三畳程のいわゆる女中部屋が付いているのが普通だった。
蛇口をひねればお湯の出る今と違い、冬は洗濯、食器洗いなどで、手がしもやけになる。父は、家に住み込みでいた「姉や」が真赤に手を腫らしているのを憐れんで、帰宅の早い時はそのしもやけの手当てをしていた。温かい湯に浸して、マッサージしてから薬を塗って器用に包帯を巻いてやる父を、私は母と一緒に見ていた。

父は夜遅く帰ることが多いから、風呂に入るのは大概「しまい湯」だった。女中は家族の後に入るというきまりは、我が家にはなかった。

その頃、詐欺まがいの荒地商法というのが登場し始めて、金使いにはつましかった母が、初めてその安さにつられて買ったのが伊東の別荘だった。父の女遊びへの反発もあったかもしれない。

別荘は丈高い雑草や雑木に覆われていて、最初は良く分らなかったが小さな家を建ててみたら残りの庭が三メートル以上もある崖の上下を合わせて五百坪もある広さだった。

広い庭に母はご満悦だったが、放っておくと松の木が行く度に大きくなってい て、伐らなければならなくなる。父がジーンズのオーバーオールのいでたちで、伐りかけた松の幹をロープで引っぱって倒す時は、遊びに来ている従兄達皆で「倒れるぞー。」と大声で叫ぶきまりになっている。通りかかった私の友人が、「あなたの所は爺やさんがいて便利でいいわね。」と羨むので、ついに「あれは父です。」と言いそびれた。

この伊東の別荘は、海風をまともに受けるので外回りのペンキがすぐに剝げ落ちる。近所の牛乳屋から教って頼んだペンキ屋は、なんとも弱々しい感じで無口だった。同じように暗い感じの奥さんをいつも連れてきて、時にはあまり笑わない女の子まで一緒に来た。

「何であの人達いつも家族連れなのかしら。」と私が言っても、「いいんだ。」としか父は言わないので、事情は判らなかったが。昼時には夫婦揃って持ってきた弁当を食べるのだが、私がおかずなどを出しても、遠慮して決して手をつけようとしない。よく判らないながら、なにか差別されている人たちという雰囲気が漂っていた。

父はこの夫婦を特に可愛がって、他の職人より優れた技術をもっていたわけでもないのに、時々、東京の家や会社のペンキ塗りに伊東から呼び寄せていた。

父が亡くなった後、この夫婦から悔やみ状が届いた。ひらがなばかりの子供のような拙い文面だが、父への感謝が溢れていて、私がそれまで読んだ手紙の中で最も美しいものの一つだった。その頃はまだ根強く差別されている人たちのあった時代だが、父は弱い人に対して強い愛情をもって接していたのだ。

父は、いつも大工、ペンキ屋などの職人には優しく、またその仕事のどれにも自分が詳しいものだから、一緒になって仕事の進捗に進んで係わっていた。

多分、父のそうした優しさが、戦地での中国人に対する仕打ちや軍隊組織の非人間性を嫌悪して、戦争の思い出に口を閉ざし、最後まで一切を封印していたのかもしれない。

動物好きな父は、家庭にいつも種々のペットを飼っていたが、向かいの家でも犬を飼っていて門の脇に犬小屋があった。冬になるとその犬小屋がどうにも寒そうでたまらなかったようだ。ある時、「メイ子、手伝え。」と私を共犯者にして、夜中に犬小屋に寝藁を敷きに行った。我が家の前から犬小屋まで点々と藁屑がこぼれていて、犯人は歴然。次の日から、向かいの家の犬小屋は、庭の奥の方に移ってしまった。

こうした弱者を差別しない父の気質は、現場作業への深い理解から生まれて来ていたものと思う。父は、製図や機械の製作が好きで、また実際に長けていた。

父の子供時代に女中だったみねさんが、「日本で一番始めにグライダーを飛ばしたのはチーボちゃんです。」と、証言する。「チーボちゃん」は、末っ子の小さい坊ちゃんという意味で、父はそう呼ばれていた。中学生時代にどこからか判らないが図面を取り寄せて、グライダーを作って茨城の田舎町の崖から飛ばしたという。

鉄工所の社長になった時も、図面をすぐに読みこなして改良し、会社経営を成功につなげたのは、父の一番の趣味が旋盤、溶接の技術をこなしての模型作りだったことによるのではないかと思う。

朝食が済むと浴衣の裾をからげて台所の裏の物置の上に作った工作室に上がっ

て行く。大ぶりの茶わんでお茶を飲みながら、ひとしきり工作してから会社に行くので、大体出勤は昼近くになる。

　その小さな工作室に、町工場でもそこそこ使えそうな旋盤を備えつけたので、母が「きっとその内、床が抜けて一緒に落ちて来るわよ。」と心配したものだ。その頃、父の体重は百kgに届こうとしていたからでもある。

　整理整頓にも長けていたので、数十種類の鑿、ドリル、刃物、金槌、釘箱、ねじ箱が整然と工作室の板壁にぶら下がっていた。

　趣味の模型作りといっても、今はやりのプラモデルではない。歯車一枚からやすりで研ぎ出して、灯油を燃やした蒸気で走る機関車やローラー車を作った。

「ネックレスを買ってやるから一緒に行ってくれ。」と父に頼まれて、ほとんど身体をかわせない様な狭いスペースに並ぶ女の子向けのアクセサリーショップによく行った。そこで買う安物の金鎖が、歯車の上を滑るチェーンになるのだ。

工作は図面によることも多いが、何より現場を観察する力が鋭かった。父の場合、鋭いというよりしつこい。汽車や、道路にコールタールをならすローラー車を、一時間でも二時間でも立って眺めていた。

伊東の別荘の煉瓦の暖炉も、外国から取り寄せた図面で父が大工さんを指導しながら作った。家中に煙が回って何度作り直したか判らないが、ついには美しい見事な仕上がりになった。

*

最後の仕事となった倉庫業でも、荷が入り切らないような時に、荷物の積み方の工夫を父自ら適確に社員に指示していた。メーカーの多くが海外に出てしまって、倉庫への荷をかき集めるのに苦労する現在と違って、戦後の高度成長期には倉庫をいくら造っても間に合わない程、物流は活況を呈していた。

仕事は細かいのだが、ユーモアたっぷりに「入らないんなら、倉庫をゆすれ」と指示したりしたそうで、そういう父を忘れられないとOB達が述懐している。

また、かつての営業所長達は、「金を使え。良い所で飲め。遊べ。」と経費をどんどん使うことを父に奨励されて、大手企業に勤めていた友人よりも派手に銀座で飲み歩き、ハイヤーを使い回し、鼻が高かったそうだ。しかしその経費の一一四%の売上げをノルマとして課されるから、うっかり使えないのだと当時の思い出を話してくれた。

それでも、ノルマとして経費を使わせるだけではなかったようだ。残業している社員に「早く来い。」と一流のバーにいる父からお呼びがかかる。社員が飛んで行くといつの間にか父は消えてしまうので、その時ばかりはおごりの酒をタップリ楽しめたという。父は「金」というのべ棒を自在に使い回しての人心掌握術に長けていた。

父は、社員に持ち上げられてお酒を飲むのを好まず、いつも一人のバー通いだった。

しかし、社員が三十人足らずの初期の頃の泊りがけの社員旅行先では、ニコニコしながら皆の盃を順々に干して行くので、父の身体を案じた役員が、必死に壁を作って遮ったそうだ。そうした場面では徹底的に社員に対してサービス精神を発揮することを務めとしていた。

仕事に関しては厳しく、社長室の壁一面に個人毎、営業所毎の計画、ノルマが貼ってあり、父が細かくチェックしているのが判っていたから、社長室に呼ばれると皆、肝を冷やしたと言う。「先月君が言っていたあの仕事はどうなったのだ。」とか、「千坪売れるはずが五百とはどうなっているのか。お前の話はうなぎ屋のにおいばかりで、実がないんだな。」と皮肉られる。何であんなに細かいことまで覚えているのか、不思議だったと皆が言う。

父が亡くなって、遺品の中に仕事から趣味まで全般にわたってメモされたネタ帳を見つけた。父は一見、太っ腹で鷹揚に見えるのだが、実は非常に慎重で、メモ魔だった。

私が「友達と行っておいしかったわよ。」と居間で喋った居酒屋の住所と電話番号、誰それに渡した小遣いの額と日付け、営業マンの仕事に関する報告、近所の医者や業者の電話番号などなど、パソコンにデータを入力するよりももっと細かく、人間臭い情報が、一目で判るインデックス付きで書き連ねてあるのには本当に敬服した。

膨大な情報量に裏打ちされた父の行動、発言は、「油断できないな」と社員を緊張させただろう。

父の一番の特質は、何事も遊びに変えてとことん楽しむところにあった。

芝生の庭にレールを敷いて自作の機関車を走らせ、シュッ、シュッ、シュッ、シュッと言いながら日がな一日遊んでいた。たかだか高さ五〇センチ程の車体だから、頬っぺたを芝生につけて這いずり廻るのだ。

ウォルト・ディズニーにも同じ趣味があると知って、「メイ子、ディズニーと友達になりたいから住所を調べろ。」と言われたが、申し訳ないことに彼の自宅の住所は調べ切れなかった。

庭の藤棚やテラスを白くペンキで塗りかえる時は、「今日は家中、ペンキ屋だから、家の中にあがっちゃいけない」ということになり、昼飯は皆でおにぎりと薬缶の吸い口からのお茶の廻し飲みという趣向になる。


人、特に女を愛し、男女問わず誰からも愛されている父の傍にいれば、母も私もいつも明るく楽しかった。だから余計に、戦地から帰国した父がすぐに二号さんを作ってからの母の悲しみは深かった。それ迄にも女遊びはしょっちゅうだったはずだが、特定の人を囲うというのとは意味が違うのだろう。

「何故判っちゃったの？」とずっと経ってからに父に訊いたら、「女が出来たとすぐにお母ちゃまに報告したから。」だと言う。

「おっかさんが『女を作るのは男の甲斐性だ。』って言ってたんだがなあ。」

女の強情を本分とする私には、いくら大好きな父であっても理解しがたいが、父にすれば変らず深く母を愛していれば別に構わないだろうというのが言い分らしい。そういうことが昭和の中頃迄の男社会の中では、まだまだ罷り通っていたのだ。

＊

母は三十歳をやっと越えた頃で、二号さんは父の好む若い十八歳位だった。

母が鬱病になったのは若さを失い始めた五十歳手前の頃だった。

私の子供達ももう幼児期を過ぎて、「チャーちゃま、チャーちゃま」と母について廻ることもなくなっていたし、何かといっては子供連れで母を頼りに実家通いをしていた私も、仕事が楽しくて足が遠くなっていた。

両親二人の生活の家事一切は女中がこなしていた。父の庇護が厚かったため、自分の友達を作るということのなかった母は、日中の時間潰しにはテレビを見るくらいしかなかった。父が帰宅すると食ってかかったり、泣いたりする母との毎日でも、父は母に一切逆らわなかった。しかし私には、「メイ子、遊びに来てくれ。」とヘルプコールがしょっちゅう入った。

母や私に対すると同じ様に複数の愛人や娘たちと接していた父は、それぞれの家に泊ったり、遊びに連れて行ったりすることを大切な義務として自分に課していたので、当然、家を留守にすることが多くなる。

母の心の病は、父が完全に自分一人のものになることがない限り、そして年を追って不安が増すにつれて重くなっていった。

反対に父は見たところ全く元気で、百キログラムの体軀をスポーツに工作にと暇なく使い、潑剌としていた。娘としては二人の安全な老後の生活をどうしたものかと考えあぐねることが多くなった。母は全く気付いてないが、父の様子からして囲っている女が一人きりだとは思えない節があった。父の会社に勤める従兄が命じられて、父が旅先で買った同じ土産物を、三つも四つも配り歩いているという噂もあると聞いた。

私の大学入学時に必要な戸籍謄本を取り寄せるのに父が苦労していたのをふと思い出した。多分、認知された子供を消去するのに時間が掛かったに違いないと察した。どうやって消去したのかと探ろうと思って、区役所を訪ねてみた。すると、本籍地を会社と自宅の間で何度も移動して変更していることが分かった。本籍地が違うと取り扱う区役所も違うから、それにつれて私も行ったり来たりを繰り返す。移動する度に直前の本籍地で認知した子供の存在が戸籍から消えて行くという仕組みのあることを発見した。

本妻とその家族だけを残して、それ以外の外部に知られては都合の悪い子供の存在を消去して行く戸籍法のからくりを考え出したのは、どんな法律家か政治家の知恵であろうか。彼ら有識者も所詮、脛に傷持つ男以外の何物でもないと、その悪知恵の深さに呆れる他はない。こうして男社会はスクラム組んで女達を傷つけて来たのだ。

羽振りの良い政治家や社長達は自前の法律を駆使して世を渡って行き、それが「男の甲斐性」であったのだ。

実は私が入学した大学は上品な家柄の人の集まる大学ということで、母が「戸籍謄本に変なもんがいるとメイ子は試験に受かったのに入学できない。」と父を脅したのだ。困窮する父に、誰か知れないが入れ知恵した男がいたに違いない。だから私は〝変なもん〟のいない清潔な戸籍謄本を持って目出たく入学を果した。ところが入学してみると上品なお家柄はその変なもんを抱えている割合が一般家庭より俄然高いのだ。

そしてその子女達は本家も別宅もそのお家柄を誇りにして、世間に隠すどころか堂々と名乗ることによって自分の権威の拠り処にしているのだ。

同じ大学どころか同学年に同じ家につながる子供達が在席していた。

私の両親があんなに慌てて奔走したのは、二人共にお家柄と関係ない庶民の出で、田舎ものだからなのだと了解して、一寸気の毒になったのを覚えている。然し、誰に教わったかこの時の戸籍の工作が、父にとんだ悪知恵をつけて、その後何回も繰り返された。

本宅以外の子供達が順々に成長して、入学のための戸籍をとる度に、お家柄とは関係ないが、隠すべき関係が露呈しない様に、父はご苦労なことにあちらの区、こちらの区と飛び回ったのだろう。

父が飛び回った経路を逆にたどって、夫に「また一人出たわ」と報告しながら、結局、父には他に二つの家族があって、それぞれに一人ずつ母親の違う私の妹がいることが判明した。

母が六十六歳を越えた頃、母よりも十歳位若い二号さん、その又十歳下の三号さんとくれば、十歳ずつ下がって四号、五号と疑いたくもなる。しかし、どんなに遡っても認知の子供がいなければ、戸籍をひっくり返しても調べようがない。

母の死期がそう遠くなく、元気旺盛な父ももう八十歳に手が届こうとしているならば、娘としてはその後始末を準備しておかなければならない。私もまた父の悪知恵の術を受けついで、一計を案じた。

電話帳でしらべて銀座の一等地に店を張る最も高そうな探偵事務所を訪ねて、一ヶ月間、二十四時間、父を尾行した場合の見積書を依頼した。

「奥さん、それは凄く高くなるよ。悪いことは言わないから止めときなさい。旦那さんの浮気が判ったところで辛いばっかりでしょうが。先ずよく話し合って。」

と探偵事務所の所長が本気で止めにかかった。

「いいのよ。一時間たりとも手抜きしない、ちゃんとした見積もりを出してください。」

昭和の五十年代のことである。金額がいくらだったかはっきりとは覚えていないが、当時は人件費が安かったとはいえ、今の値段で軽く二百万円を超えていたと思う。

「お父さま、この見積書見て。この請求書を会社の経理に廻しますけど。それともただでおっしゃいますか。」

こういう時の父は素直で潔い。

「ただで言います。」

「はい一番目の名前は？　年は？　住所は？　電話は？」

五番迄が確定した。

そして「もしかしたらドイツに子供がいるかもしれない。」と父は付け加えた。

父は学生生活の最中に友人三人で一年位かけて世界一周している。帰って暫くしたらドイツから追いかけて来た女がいたそうだ。しかし、多分これは自慢話なのだろう。

「それはいいです。ドイツだけで他の国はないんですね。」

いくら私でも、インターナショナル探偵事務所迄は手が回らない。

そして、わかったことを母に話すべきかどうか、母の通っていた精神科医に相談してみた。

「母は自分が劣っているから二号さんに取って替わられたと悩んでいるのだと思います。父の愛情がほかに移ったのは母のせいではなく、単なる父の性癖というか、一種の病気なんだから、一人ではなく三人も四人もいるんだと教えたら母の病も晴れるんじゃないでしょうか。」

「そうかも知れない。でも却って悪くなるということもある。私には自信がない。」と男性の医者は言った。先例がないのだと。

専門医の癖に「やぶ医者か」と思ったが、医者でない私にも、その踏ん切りはつけられなかった。

母より若かった二号さんも、やはり老いが見えて来た頃に心を病んだと聞く。

ある日曜日、「母が自殺を図った。」と自宅にいた父に二号さんの娘から電話が入った。父は、母の顔色をうかがいながら「ちょっと行って来る。」と言い、そして続けた。

「すぐ帰って来るから、メロン冷やしといてね。」と。

その夜、父は帰らなかった。メロンがどうなったか、覚えていない。

父の出張のお土産の菓子折りがおいしそうで私が開けようとすると、母が取り上げて縁側から庭に向かって放り投げることが度々あった。きっとあのメロンも、庭に投げつけられたことだろう。

＊

心の強いストレスは、身体の病を併発するのではないだろうか。

母は七十歳を前にして突然膵臓癌を告知された。それも末期のステージだった。

本質的に気丈な人だったためか、あるいは現実世界の軛からの解放感の方が強かったからか、意外に明るく自然体で入院していった。

そして入院中の父のまめまめしい介護は見事だった。

身体を撫でさすったり、おいしいものを買って来たり……。

時々、外泊許可が出るのだが、家に帰ってくる母のために父は特注のベッドを注文した。そして、そのベッドの下に布団を敷いて、母に話しかけながら寝ていた。

病室はたくさんの花で満ち溢れ、効くと聞いたと言っては、得体の知れない呪《まじな》いや貼り薬を母に勧めていた。父は合理主義者だから、そういうものを信じたというのではなく、母への気遣いを誇示していたのだと思う。

長年にわたって、母やたくさんの女達に心からの愛情表現と嘘っぽい芝居っ気とを併用しているうちに、どれが本当か嘘かがはたから見てわからないばかりでなく、父本人にも区別がつかなくなっていたのだろう。

だが子供に対してはほとんど芝居なしだったから、父のなかで娘の私の位置は、順位としては女達より下だったのではないかと感じていた。

父の食欲は非常に旺盛で、日曜の朝はすき焼きに決まっていた。目利きの肉屋が大量の肉を届けて来た。食べっぷりは見事で、一キログラム位の霜降り牛肉を濃い味のタレで、ペロリとたいらげた。肥っているので人より汗かきで、タオルを首からぶら下げて、汗を拭き拭き食べていた。そんな父を、私は「肉食動物だなあ。」と惚れ惚れと見ていた。

「ねえ、お父様。もし無人島に家族で流れついたらどうする。」と聞いたものだ。

「先ず、お前を食べる。それからお母ちゃまを食べて生き残る。」やっぱりなと思わせる。

手術後、一時外泊を許されてもすっかり食欲を失くしてしまった母は、ダイニングルームに出て来ることもせず、ベッドからぼんやりと庭を眺めていることが多かった。父が優しく母にキスをしても、母は何も感じない様に受け流した。痛みも訴えず、母の病気がもたらしたのは、最後に訪れた仮ながらも〝平穏な家庭〟の様相だったといえる。

それでもいくつも家庭を持っている都合上、時間のやりくりに窮した父は、母の介護を私に委ねようと迫って来た。よく若い男達が「浮気の一つくらいして見たい」などと戯言《ざれごと》を言ったりするが、私はいつも忠告した。「すぐ捨てちゃうんならいいけど、本気で女を愛して死ぬまで面倒を見る気なら、嘘に嘘を重ねて命懸けで事業をする覚悟がなきゃね。」と。

関係した女達をみんな同じ様に愛し続けるには、周到な嘘の塗り重ねと時間のやり繰りをしなくてはならず、その努力は並大抵のものではないはずだ。

若い娘が好きな父だから、最後は孫である私の娘より若い女の子を追っかけていた。その頃は、すでに何もかも私に知られてしまった気易さから、父が何でも私に打ち明けてくるのには正直言って参った。

「お父様、私は娘なんだから少しは遠慮してください。」と言ったものだ。そして「お父様も大変だわね。婆さんばっかりたまっちゃって。」と思い切り憎まれ口を利いた。

「お父様は私にとって掛け替えのないお父様だけど、私は掛け替えのある娘ってわけよね。」

「お前、そう言うなよ。正月、三回の初詣では辛いぞ。」と困惑しきりの態だ。

父の嘘は勿論自分のためでもあったが、抱えている女達を傷つけまいとする思いやりからであったことも充分想像できた。私はそういう破天荒な父に、滅法甘かったのだ。

巧妙な嘘と細やかな愛情表現のお蔭で、母が自分に取って替るのは二号さんだけだと思ったと同様に、女達はそれぞれ本妻として母がいることは承知していても、自分以外の女達の存在には最後まで気付かなかった。いくら甲斐性云々がまかり通る男社会でも、父のようにたくさんの女を囲っている人はそうはいないだろう。だから母もまた女達も、気を回さなかったのだろうと思う。迂闊という他はない。嘘の共有は、団結力の強い会社の男役員達だけだった。が、それ以上に一切を摑んでいるのは娘の私一人というのもおかしなものだった。

辣腕社長と言われる人達から、朝は社員より早く出社して、社員や得意先からのたくさんのメールを読み、土日も出社するというような自慢話をよく聞くことがある。

しかし、趣味の遊びと複数の家庭奉仕に忙しかったからでもないだろうが、父は一日数時間しか会社にいない。

「会社が困窮した時に社長が働きゃいいんだ。毎日社長が働いている様な会社はろくなもんじゃない。」と言っていた。

数時間の在社でも急所を押えていたのだろう。実際、高度経済成長の故ばかりでなく、父の手腕で会社は飛躍的に成長した。時代の先を見る眼の確かさと、人使い、金繰りの上手さは光っていた。

戦後、父の〝金蔵《かねぐら》〟であった茨城の実家も衰退してしまい、たくさんの兄姉やその子達の身を案じる立場に変ってしまった上に、戦争中に経営していた会社まで出征の留守中に人手にわたってしまった。そんな中で、どうやって新しい会社を興したか、今となっては定かでないが、終戦の翌年六月に立ち上げた倉庫会社の翌春のバランスシートは、手許資金三十七万二千円（封鎖預金含む）で資本金七十五万円なのに借入金が三百四十五万円となっている。

東京は焼野原になっていて、倉庫を建てようとして入手した土地以外何もなかったとは言え、どの会社も同じ様な事情を負っていたはずで、良く資本金の五倍もの借入を成功させたものだ。

銀行に直談判、日銀総裁の一萬田直登氏の推せんで興銀から借り入れたとある。その借入金で直ぐに大蔵大臣石橋湛山氏の許可をとりつけ、一千坪の冷蔵冷凍倉庫を建設している。

戦前の日本の大型倉庫と言えば、メーカーの自社倉庫、農業用の穀物倉庫、港湾の輸出入倉庫くらいで、内陸で、しかも自前の貨物を持たない営業用倉庫という発想はまだ稀有だった。

「お父さんのご商売は何？」と人に聞かれて、「倉庫業です。」と答えると必ずと言っていいほど「何それ？」と聞かれ、説明に詰まった。

父の営業倉庫の発想は、学生時代の洋行の時に、地続きのヨーロッパ諸国の貿易流通から学んだものと推察できる。

世界を見ることの重要性は父の最も説くところで、外国旅行が自由に出来る様になった昭和三十五年頃から、毎年順番に社員を海外に遊びに出した。一番最初に指名された私の夫が、「まだ遊びに行く程、会社は儲かってません。」と辞退したら、「後がつかえているんだ。」と父に叱られたそうだ。勉強のためではなく、世界で物怖じせずにひたすら遊んで来る様にというのが外遊の趣旨だった。

単なる熱情だけではなく、将来の日本の発展を見据えた気宇壮大な計画が一萬田氏、石橋氏という二人の大物の心を動かしたに違いない。

創業時のファイルの中に、冷凍冷蔵倉庫建設を熱望する檄文がある。

『冷凍冷蔵並びに製氷業を必要とする事由』

当社は昭和二十一年七月十一日付第1886号を以て普通倉庫営業の許可を受け、現在農林省食糧監理局所管の米国より放出せられたる罐詰の保管に当って居るのでありますが、我国の国民経済の再建及其の将来の発展は現在及将来の我国の食糧事情の上に打ち樹てられるものであり、此の食糧の確保なくしては総ての経済は破滅し国民は永久に混乱錯綜せる経済的無政府状態より脱することが出来ないのであります。斯くしては国家の再建のみならず徒らに著しい生活資材の窮乏の中に且て見ざる不幸なる国民として我国民は呻吟するの他はありません、件して我国の現在及将来の食糧事情が現在の如く限られたる狭隘なる土地に依存せる米麦に基礎を置き、野菜、魚肉等に対して地域的或は季節的に飽食するが如き原始的供食方法をとる限り我国の食糧事情は遂に収拾出来ない不幸極まる運命に到達することは否定出来ません。

斯くして我国の現在及将来の食糧事情は主食（米麦）以外に地域的、季節的に収穫せられたる魚肉、野菜等を保有し置き不足せる地域或は季節に放出し其の土地或は其の季節の主食を補うことにより自主的なる解決に到達するでありましょう。此の食糧の保存、生鮮食糧の腐敗、変質を防ぐ科学的なる貯蔵法として欧米にては夙に冷凍、冷蔵の方法がとられ我国に於ても近時此の研究が進み其の施設に於て見るべきものありたるも、此の度の戦禍に依り其の大半は烏有に帰し、罐詰に比し資材を要せず亦ビタミンの保持に於て三倍に達する此の合理的なる生鮮食糧の貯蔵能力を著しく低下し現下の食糧危機克服上由々しき事態にあるのであります。此の事情の下に於て当社は凍結冷蔵並に製氷設備を建設し、野菜、果実、魚肉等の凍結冷蔵による保存及其の補助事業とし、製氷をなし以て食糧危機解決に寄与し国民経済再建の一環として努力せんとするものであります。

昭和二十一年八月十九日

大蔵大臣　石橋　湛山　殿

（昭和二十一年九月十二日付にて許可）

戦後の日本を支えるのは、これから次第に増産される食糧、工業製品の物流と貯蔵に必要な冷凍技術だと目をつけていた。冷蔵倉庫を新設したこの斬新なアイデアは大ヒットし、折しも始まった高度経済成長と重なって活況を呈した。

父の経営の確かさは、その着眼の良さばかりでなく、必ずかけ合うべき相手を一流の会社のトップに据えることだ。そして、弱者を差別しない性質は、自分が中小企業だからと言って強者を怖れたり、自分を卑下しない態度に繋がっている。

父の死後、後を継いだ私の経営中に幾度も訪れた難問も、取り組む株主や、投資家達がすべて父が配置しておいた一流の秀れた紳士ばかりだったので救われて来た。

父の気概を見倣って、私も難しい交渉の時には相手のトップとの対決を想像して、心の中で唱えるのだ。

「やあやあ、我こそはA倉庫のメイ子なり。遠からん者は音もに聞け。近くば寄って目にも見よ。」と。空元気ながら。


こんなエピソードを父が話してくれたことがある。戦争中に経営していた会社に「陸軍御用達」と看板をかけろと陸軍から迫られたそうだ。つまり陸軍が徴収するということなのだろう。父は陸軍より偉いのは誰かと考えて、「海軍御用達」のお墨附きを海軍に貰いに行って成功した。海軍は、陸軍の鼻を明かすのを喜んでのことだったから、特に何事もなく済んでしまったと。

父の考え方はいつも一本筋が通っていて、的を外さず、至極単純明快なのだが、茶目っ気が過ぎてなんだか馬鹿馬鹿しく思えるときがある。

終戦直後、中小企業では未だ手懸けていない製氷に取り組み始めたが、何しろよく機械が故障するらしい。その対応のためもあって、「社長宅に電話を引きたい。」と会社から申し入れがあったが、「故障のたんびに電話がかかっては困る。」という理由で、父は自宅に長く電話を引かなかった。

故障などで夜帰れない時は、「冷凍機の故障で今晩は帰れないが心配するな。」という封書を、社員に持たせて母に届けていた。たくさんの恋文と一緒に、そうした手紙も母の文箱の中に大切に蔵われていた。

しかし、母は「機械の故障というのは本当だろうか。」と、半信半疑だったに違いない。私も「本当かしら。」と今になっては思う。

倉庫業というものは資産家、土地持ちがする仕事だが、父は頼りにする実家も衰え、一兵卒で帰った身だったから、何も持っていなかったはずだ。土地を持たないということを逆手に取って、顧客が望む拠点の農家地主を説得して土地を借り、倉庫を建設して貸し出すという、倉庫のサブリース案をいち早く創出した。何しろ固執すべき土地を持っていないのだから、日本中どこでもテナントが要望する地域での倉庫建設をすることができたのだ。

メーカーの生産拠点は、地代が安く広大なスペースが確保できる地方に増えていったし、製品を全国に配送するための中継保管庫は不足していたから、父は矢継ぎ早に倉庫を建設した。日本地図上に東京を中心にしてコンパスで円を描き、五十キロメートル圏内、百キロメートル圏内と当たりをつけて、「今度はこの幹線道路近辺を攻めろ。」と指示していた。

その時に一番役立ったのが父の借り入れの才能だった。中小企業ながら名門銀行の頭取とすぐ親密になり、両方のイニシャルをつけた仲良し会など結成した。

相手の趣味に合わせて下手なくせに、小唄とか清元を習い始めた。家で練習すると、潔癖な母は、その歌の文句がいやらしいと父をなじって責めた。

インフレは非常な勢いで貨幣の価値を落としていった。父が見越した様に膨大な借金は勝手に縮んで行った。「金は返すもんじゃないぞ。飴みたいにながーく伸ばして、返す時期をどんどん後に回すもんだ。」というのが私に残した経営術だった。

残念ながらこの教えはバブル崩壊、長引くデフレ下の私の経営では余り役に立たなかったのだが。

社員に対しても金を使うタイミングがうまく、ちょっとしたことでも褒めては小遣いを渡した。その代わり仕事のノルマは非常に高かった。そしてノルマ達成の褒美も非常に多かったということだ。

そういう父のやり方に対して、「俺達は人参目がけて走る馬じゃねえ。」と、社員は口惜しがりながらも、それでもなんとも駆け出したくなるという褒美の額なのだ。正規の給与自体は低かったが、社長である父を社員たちは尊敬していた。罰則と称して首を馘ったり給与を下げることをしなかったからだろう。

女達を愛した様に、父は社員達の皆を愛していた。

一度、父に「あの男は駄目ね。」と言ったことがある。「俺の社員の悪口を言うな。」こういう時の父は怖かった。

人を差別したり、他人の身体的な悪口を言うことは、父の一番嫌がることだった。

「人間の能力なんて皆どんぐりの背比べだ。皆で補いあって行けば何とか行くもんだ。馬鹿なら利口を使えば良い。」

父は自分が茨城の田舎の生まれなので、育ったのは都会だが、田舎者の愚直さをこよなく愛していた。何かと言えば実直な「田舎もん」を愛する父の田舎への信奉心は、茨城の真壁近くで生まれ、金融業を興し成功させた「豪胆な田舎もん」だった母親への信頼に根差していると思う。

「都会もんは小利口で駄目だ。表もいいが裏も正しいと言いやがる。人間、馬鹿じゃなきゃ駄目だ。こう行こうと思ったら金輪際、道を変えるもんじゃない。」

資金もないのに大きな倉庫を建てようとしては、その度に役員達の総反対にあったが、父は自分の信じる所を貫く強烈な気迫を持って仕事をしていったのだろう。建てた後はすぐにテナントを集めることができ、会社の地歩が固まって行った。

「金なんかなくたって世の中にあるのを使えばいいんだ。メイ子、仕事をする時、十人中九人反対だったらやれよ。」

立派な教えだとは思うのだが、器の小さい私にはなかなかその一歩が踏み出せないことが多い。

＊

父のがき大将ぶりは、小学校に入った頃から目覚ましく、勉強が始まると学校の門塀の上にチビっ子の部下達がよじ登って、「チーボちゃん、まあだーっ。」と呼びかけると、「よし、待ってろ。」と言って学校を抜け出すのだそうだ。

だから、父は頑健な身体なのに小学校一年で留年という変った経歴の持ち主だ。

六年生の時には、校長に対してストライキをぶち上げた。首謀者が判らない様に長い竹竿の先に要求書を挟んで、「全員洩れなく竹竿に摑まれ。」と言ったのに、どうしてだか父の企みと判ってしまったのは、残念だったと言う。

父の血は私にも流れていて、私も中学時代に何度となくストライキを先導したものだ。学校が突然、ストーブの石油代を二倍に値上げしたのに対して、「納得行かない。一週間かけて皆、自宅での燃料代を調べて来る様に。」と級友をかり立てた。

先生から「これは生徒の問題ではないでしょう。保護者と先生で話し合います。」と諭されて、やむなく手を引いた。

誓って言うが、この事件は上品な私の母とは全く無関係な騒動である。

また、その頃上映された『青い体験』という性を知らない若い男女のあやまちを取り上げた映画があった。私は「性教育をもっと学校で早期にする様に」という新聞の社説を採り上げて、クリスチャン学校の尼さん先生に迫った。が、すぐに運動の途中で自分の考えが女子校では浮き上がって、ませていることに気付いて、メチャメチャ恥ずかしくて、「明日、ぽっくりあの先生が死にます様に。」と学校内のチャペルに行って熱心に神に祈った。こうしたお先っ走りは、私も父とドッコイドッコイかもしれない。

何が理由か判らないが、父は親元を離れ、ひたち太田の子作の家に預けられて、そこで中学を卒業している。そこでは、がき友達一連隊を引き連れて高い竹馬を乗り回して、商店街の両側から張り出した商店のテント屋根に腰かけて休むので、「チーボちゃん止めてくれ。」と叱られる。その商店街の雑貨屋には太田のマドンナである梅ちゃんがいたのだそうだ。父の行動は、バイクの無かった時代の暴走族のはしりと言うべきか。

崖の上から弓矢を射って、「小遣いやるから拾って来い。」というと皆争って走って行く。

自作のグライダーを崖の上から飛ばす時も、「俺は危ないから厭なんだ。」とパイロットに選んだ子供に小遣いをはずんで自分は乗らなかったのだそうだ。

後年、「お父様の社員の扱い方は、ガキ大将の頃に養われたのね。」と私が言うと、父はヘヘッと笑って昔をしのんでいた。

本質的にズルくて理性的で慎重な人なのだ。

信じられないほど豊富な小遣いを貰って成長した父は、自分で会社を興した後も常に分厚い財布を持っていた。そのお金の源泉は会社の使途不明金にあったらしい。毎年の様に国税の調査が入っていた。だから父が金持ちかと言うとそれがそうでもないのだ。金使いに関しては非常に堅い母にしょっちゅう借金をしていた。

父母の寝室の二メートル近くある英国製の大きな鏡台の左手には、ひげそり用のかみそりを研ぐ皮砥が掛けてあった。右の支柱には、江戸の商家が使う様な大福帳の大きいのがぶら下がっていて、父と母の間の借入帳になっていた。大体あんな大福帳、いくら戦後すぐとは言っても、どこに売っていたのだろう。

「味噌は名代のこの店にしてくれ。」と父が注文すると、「じゃ、それはぜいたく品だからお父様のかかりよ。」と母が応じる。毎月の家計費とは別に味噌も醬油も油もその都度、父の借金になって行くという塩梅なのだ。

味噌、醬油くらいではそれ程父が金に詰まるとも思えないが、家庭を二つも三つも持っていてそれらの子供たちの学費、都度の祝い事等があるので、金はいくらあっても足りなかったろう。

私の結婚式に際して、打ち懸け、振り袖などの支度をけちることは、母が意地でも許さなかったのだろうか。いろいろ揃えてもらったが、持参金の話は一切なかった。

縁側に差し込む月光のもとで、物凄いスピードで枝豆を食べる父と楽しい時間を過ごしていた時だ。

突然父が「メイ子、お前の嫁入り道具に土地を持たせてやろう。」と言い出した。当時、ソビエト連邦の宇宙飛行士、ガガーリンが宇宙に飛び出すなど、月が俄然身近になった頃で、月の土地を売る会社があると雑誌に出たのだ。

「どこで売っているか調べて来い。持参金に持たせてやる。」

父の提案はいつも馬鹿馬鹿しいものの、とてもスケールが大きくて夢があるからすぐに私をその気にさせる。

しかしどう探してもその会社がどこにあるのかわからず、結局持参金ならぬ〝持参月〟の話はフイになった。

今でも月を眺める度に思う。「もしあの時買っていただいていたら、私の土地はあの月のどの辺かしら。」と。

＊

長い間、父の女のことで苦しみ抜いた母は、皮肉なことに病いを得て心の平安を得た。命の終焉の悲しみより、嫉妬のための煩悶が終ることの方が、母に安堵をもたらしたとしか思えない。

反対に母の入院中の父の身辺は俄然慌ただしくなってしまった。

料理でも、掃除でも、手仕事でも徹底的にこなし、楽しむ人だったのだが、さすがに看病、会社経営、趣味の工作、鉄砲打ち、セスナ機操縦、そして複数家庭の生活を維持することは、母という隠れ蓑なしには時間的に無理になってきた。

私が入り込むのは色々都合が悪いことがありそうなので、「女中さんを頼んだら？」と提案してみた。

「女中は駄目だ。爺やじゃなきゃ駄目ってお母ちゃまが言うんだ。だけど爺やってなかなかいないもんだぞ。」女中話は立ち消えとなった。

父が一人で居ると知ると、たまたま私が実家で留守番している時にも、女達からの電話が度々掛かる様になった。私が居るかどうかを探るためか、保険の勧誘とか商品のセールスを装って掛けて来るような気がするので、腹が立った。

無防備に名乗ってかかって来た時には、「母は未だ死んでません。セールスなどを装って電話するのはよしなさい。静かにしなさい。」と言って、電話機をガチャンと置いた。しかし、これが父に大きな災難をもたらしたのだ。

その頃、私は父の会社に入っていたのだが、デスクに度々「社長がお呼びです。」とコールが入る。何か仕事を貰えるかと喜んで社長室に行くと、女に関する註文ばかりなのだ。

「お父様、私に会社の仕事をさせてください。」と何度苦言を呈したことか。

「メイ子、保険屋などかたって電話したことはないって言うんだ。謝罪文を書かせろって責めるんだ。書いてくれないか。」

「厭よ。」と拒絶するが、窮地の父もまたしつこい。しまいには「判った。」というほかはない。

『いろいろな業者の名をかたって電話したことはないと言うなら、私の方にも確証がないことですから、そちらの言い分を認めることにしておきましょう。』という文章を書いた。

「メイ子、これでは謝ったことにならないんじゃないか。」

「お父様、私はお父様の娘だけど、死んで行こうとする私の大切なお母様の娘でもあるのよ。」

その先、父がどう切り抜けたかは知らない。


父と交代で病院に泊りこんで看取る日々が一年近く経って、母の病状は着実に進行していた。

父は最後の愛情を惜しみなく注いでいたが、不思議なことにあんなに甘えていた母が父への関心を全く失って行く様に見えるのだ。父の言葉にいちいち冷たく憎まれ口で返す。父の愛撫さえうっとうしいとばかりにはねつける。

長い間、父の愛情をつなぎ止めようとして来た執念に疲れ果てた母の、父に対する愛情はすっかり涸れ果ててしまったように思えた。母の苦しみの元凶である父など側に寄せつけたくない様なのだ。

子供だった時分から父に愛されることには馴れはしても、人間としての誇りを踏み躙られ続けて、母は自分の中の女の情を育てることができなかったのではないだろうか。結婚してすぐに私が生まれ、二号さんがいても家庭を壊さず、賢い母親として子育てをして来た。

私が結婚後もちょくちょく孫を預けに来ていた時期はまだよかったのだろう。ところが孫も大きくなり、私もいつか自分の家庭を築き上げて、母を頼ることをしなくなっていた。

そんな時、母はふと我に返ったのではないだろうか。

自分に対して夫は変わらぬ愛情を示すが、自分は本当に夫を愛しているのか。自分の本当に欲しいものは何なのか。自分に残されたものは、深い喪失感、夫の裏切りによって心の奥底に抉られた暗くて大きな闇の穴だけだ。自分は死ぬ迄この洞穴を覗き込み続けて老いて行くのかと。

しかし、それもやっと終りになる。死の病を告げられて、逆に苦しい束縛から解放された母が口にするのは、父のことでも私のことでもなく家に残して来た愛犬ボドのことばかりだった。まして孫のことでもなかった。高校生になっていた私の娘がお見舞いに行くと、『チャーちゃん今日はちょっと具合が悪いの。遊んであげられなくて、ごめんなさいね。』って言うのよ。」と娘が私に告げた。

孫にとって母は毅然とした祖母となり、また私にとって誇り高い母の姿を取り戻していた。その姿は美しかった。

「さっき、病室の外で泣いていたのはメイ子?」と母に聞かれたことがあった。

「ううん、違うわよ。私は今来たばっかりだもん。」とごまかした。

「泣かなくていいのよ。私はちっとも悲しくないいんだから。」と母はきっぱりと言う。そして「私が死んだら、ボドちゃんはどうなるのかしら。」と、愛犬のためにだけ静かな涙を流した。

自分が死んだ後の父への心配とか、私の将来に関しての配慮などは一つもなかった。もう父も私も、とっくに母の負うべきお荷物でなくなっていることを思い知った。

＊

両親の生活スタイルは父の考えが大きく関与していて、男女の愛情関係が親子の関係より優先していたと思う。しかし、男女の愛情を長続きさせるには、どちらかに相当の芝居っ気がなければうまくいかないのではないだろうか。

母親は男と違って、子供が幼い頃は子供第一だ。父は娘を愛するというより、母のご機嫌結びのために私を可愛がるという部分もあったのではないかと、根がひねくれ者の私は邪推してしまう。たくさんいる父の女達の順位の一番下の下に私は位置していたのではないかと想像しても、あながち外れていないだろう。

「女は男に愛されてこそしあわせ」と思い込んでいた父から、私は父が理想とする「愛される女」として生きる術《すべ》の多くを教わった。

沢庵を噛む音が大き過ぎるのはよくない。外食の折、口紅を食後にテーブルで直すのは恥ずかしいことだ。男と腕を組んで歩く時は女の方からそっと足並みを合わせること。立っていても座っていても腿から膝まではぴったり合わせていること、等々。

家事なんかしなくてよい。女は柔らかい手を持って嫁に行くものだと、怠け者の私にはありがたい教えもあった。

ところが結婚した私の夫は、手指の固い女は働き者のしるしだと言う。「一体どっちよ」と思うが、どちらの言い分も女を男や家庭の道具として見る昭和の時代の根本的に女性蔑視の考え方を反映している。

父に比べて母の教育は、良家の秩序を守ることに徹していて厳しかった。女中達の聞く歌謡曲は品が悪い、子供は他人から食べ物を勧められても決して食べてはいけない、大人の会話に口を挟まない、「ご飯だ」と呼ばれたらいっときも置かずに食卓につくことなどなど、こまごまと多岐にわたっていたから、子供の私はいつも汲々としていたように思う。臆病な私は母の言いつけを守って良い子だった。思い返せば娘時代に経験するだろうたくさんのチャンスを、そのために逃したのではないかと今になって残念に思う。

母の頭には封建社会の名残が存分に残っていた。だから、私に厳しかったように家にいた女中にも厳しく、はらはらすることもよくあった。しもやけに腫れた指を見せながら、「メイ子ちゃん、冬の水と他人の水とどっちが冷たいと思うか。」などと、私に当てこすりを言う女中に何も言い返せなかった。

それでも、美しく清々しく、家庭を守る女性としての母が、私には自慢だった。

＊

明るい冬の日、母は静かに亡くなった。

かわいそうな母。私は初めてたくさん泣いた。自分が泣いていたから、父が涙を流したかどうかには気付かなかったが、直後に病院から「今亡くなった。」と誰かに報告の電話をしているのを腹立たしく聞いた。実際は会社への報告だったのかも知れないのだが。

しかし、私には母を失った父の、次に大切になる家庭への報告の様な気がしていたのだ。

母が心の安らぎを得て亡くなった様に、大きな愛の重荷を降ろして父もずい分ほっとしたのだろうなと、今なら理解できる。本当は最も大きな父の修羅場が、母の亡くなったその瞬間から始まるのだが。

皮肉で冷たい私の分析にも拘わらず、狂おしい夫婦の歴史の終末はやはり情の強い父にも大きなダメージを与えたと思える。

父は、母に贈った一番美しい大粒の翡翠の指輪をロケットに作り変えた。そのロケットの向い合わせになっている蓋の中に、二人の写真と母の遺骨の一部を埋め込んだのだ。表面には恋人時代作ったという星砂に二人のイニシャル入り紋章を刻むという念の入れ方だ。

それを他の女達に知られぬ様に、財布の奥にそっと忍ばせていつも持ち歩いていた。翡翠のロケットに入れて愛する人の骨を抱くという父の発想を、私もとても気に入った。

後年、私も真似して夫の骨を美しい小箱に仕込んで、まだ幼稚園児だった孫に見せたことがある。それ以来、孫は土壁の白く剝げたところを見ても、「おばあちゃま、これは誰の骨なの？」と聞く。父に習った私の芝居っ気は多分に孫を脅えさせたらしく、「おばあちゃま、死んでも絶対に出て来ないでね。」と時々念を押すように言っていた。

「かわいいじょうくんのとこだけ駄目？　一寸でも駄目？」と聞いたが、絶対に出ないことを約束させられた。残念なことだ。

以前、母が嫉妬に泣く度に、私は精一杯の慰めを言った。「お母様にはお父様との間に、六十年という長い長い歴史があるのよ。この歴史は何があっても誰も踏み越えられないんだから。それを忘れちゃだめよ。」と。

七十歳で亡くなった母は、十歳の時から父に愛され続けたのだ。でもこの私の言葉は母を慰めるより以上に、父を大きく利した。私の発明なのに、まるで錦の御旗を見つけたように、「俺たちの六十年の歴史、歴史。」と何かと言えば母への慰めるのに使い回していた。

翡翠のロケットも、その錦の御旗を形にしたものかもしれない。

十二月に亡くなった母に、伊東の別荘近くの海岸からの初日の出を見せたいと父が言うので、正月、母の写真を抱いて夫の運転で伊東へ出かけた。

母がいなくても、いや父に対していつもふくれっ面の母がいなかったからこそ、自然のままで雄々しく明るく振舞う父との屈託のない楽しくももの哀しい旅だった。

薄曇りの空が破れて青黒い海が白っぽく染まり始めた時、一度も振り返らず未練もなくスタスタと水平線に向って歩み去る母の後姿を見送った。そしてその旅が図らずも私にとって父との最後の旅になってしまった。

妻を失った悲しみの表現は少し芝居がかってはいたが、やはり父にとってはかなりの衝撃であったと思う。しかし母の葬儀後、父は身辺整理をテキパキと事務的に行なっていった。

東京に出てすぐに築三十年という中古住宅を買ったので、改造の好きな父はそれ迄にも何度も手を入れていた。いつも父が自分で図面をひいて細かいところまで大工の棟梁と話し合う。仕事半ばに余り何度も父からの手直し註文が入るので、棟梁が怒り出してしまうこともあったが、人の気持ちの操縦には長けている父だから、結局いつの間にか大工さん達と親友の様になってしまうのだった。

父が一人住まいするには大きな家だったが、女達とのトラブルを避けるのに独りで住み続ける気だったようで、早速自分一人の暮らしのための家の改造が始まった。

大きな手直しはなかったものの、不要な家具や品物は姿を消し、病のあった雰囲気は一新された。家の造作だけでなく、身の回りもますます小綺麗に清潔を保つことに徹底した。

女房が亡くなると身の回りの始末ができなくて困る亭主たちと違って、父は家事一切、毎日の身支度まで、母よりも巧みにこなすことができたから、一人居でも何の不自由も生じなかった。

昔からおしゃれな人で、英国風の身だしなみだった。何しろ大学の学生服まで一流店であつらえていたという筋金入りなのだ。Yシャツはパンツ不要の裾の長い誂え品で薄手のローンデニムだった。下着のシャツは冬でも着たことがない。

始めから持っていないのだ。肌にじかに着た薄いYシャツが筋肉質で引き締まってはいるが百キログラムに近い巨体をふんわり包み、乳首が透けて見えていた。ネクタイは細目の紺を好んで、同じものを何十本も作らせ、イニシャル入りの白い和光のハンカチはクローゼットの奥に何箱も積んであった。

父は何軒もの家庭のかけもちや外食で、平日はほとんど家で食べることはなかったが、最後のお茶漬けはいつも母の元で決まりをつけていた。

母没後早速、一人用の小さな炊飯器に買い替えて、夕飯時間にタイマーをセットして炊き上げていた。戦地で歩兵だった父は、飯ごうでの飯炊きに長けていた。行軍中に落ちている木屑を広い集めて「午飯」の号令と共に飯を炊き、時間内に食べ終らなければならなかったのだそうだ。

竹橋の国立近代美術館の常設展で、誰の作だったか忘れたが戦場で休憩をとる大勢の日本兵達の油彩画を見たことがある。父は戦地での話を一切しなかったが、「ああこんな風だったろうな」と絵の中に父の姿を探したものだ。

私が家にいた頃は、五右衛門風呂だったから、薪での風呂炊きは父から教わった。父は割箸一本からでも火を起こすことができた。上手に細木と中位の太さを重ね合わせて焔を大きくして行くのだ。

しかし別荘での暖炉の薪の燃やし方は、それとは違う英国風を教わった。堅くて大きな丸い木の薪をどんと置いたままにしなければならない。消えるのではないかと心配になり手を出そうとすると、「動かすな。」と制止された。

父が几帳面に物差しを使って切った薪が、断面をきちんと揃えて庭の薪置き場に積んであった。それを燃え尽きる時間を計って細いのから順に暖炉に並べ、最後は太い薪をどんと据えるのだ。

薪が勢いよく燃えて上がる炎が落ち着いた後、白い灰にくるまって眠っている様に燃え続ける丸太が、部屋全体の空気を気付かせぬ様に温めてくれる。時々、紫や赤い小さな炎がヒラリと舞い上がるのを待つように、黙って何時間も暖炉の前で家族はゆっくりと呼吸だけを続ける。眠って行く様な静けさの中で、生き物である自分を確かめる様な時間を暖炉が醸し出してゆく……。

伊東の別荘の、あの大きくて暖かく、静かに燃える暖炉。それはまるで父の姿そのままだった。

*

母が亡くなれば、長年陰の存在であった女達から待っていましたとばかり結婚をせっつかれるのは自然の成り行きだろう。しかしその催促が複数の女からとなると、反対に父にとってはどうしても結婚できない事情となるのも又もっともな成り行きだ。

自宅にも女達から遠慮なく電話が入るから、母の入院中は母をなだめながらあちこちの女たちと夜遊びを楽しんでいた父なのに、滑稽なことに口実たる母がいなくなってからは反対に遠出の旅も外泊も一切、ままならなくなった。

「メイ子、女は追っかけてるのが好いな。追っかけられるのは叶わん。」

母という隠れ蓑のお陰で繕って来た嘘がばれない様に、より周到な嘘を重ね続けなければならないのだ。

「茨城の風習では女房が死んで三年は結婚できないことになってるって女達に言ってあるが、三年経ったらどうしよう。」

「難問ですね。お気の毒だけど、自分で考えてください。」

そんなことよりも、私には私で娘として準備することが山程あるのだ。父に聞いておかなければならないこともある。

「お父様、お父様がもし死んだ時は女の人達には知らせるの？　葬式には呼ぶの？　お骨は皆にあげるの？」

死ぬ気配の全くない父親だから、お互いに気楽にそんなことを話題にできた。皆に知らせて、皆を呼んで、皆にお骨を上げて欲しいのだそうだ。

私は、父の意向のすべてに沿うことを約束した。しかし私の方にも一つ譲れない申し出でがある。

「お母様のお墓を建てるなら、どうしても比翼塚にして二人の俗名を刻んで欲しい。」

父の墓に女達の誰かが参っても、母の名が書いてあれば腰が引けて絶対に二度とは来ないと私は踏んでいた。父は別荘の庭に転がっていた美しい緑の岩を引っぱって来て、二人の俗名を並べて彫った。

「こんなに柔らかい石はすぐ崩れちゃうから墓に向かない。」と石屋には反対されたが、「人間なるべく早く土に還る方がいいんだ。」と何につけても潔ぎよい父の考え方を通した。

石に彫った父の名には、朱の色を入れた。

「いやに俺の名前ばかりが目立って派手なんじゃないか。」と言っていたが、きっと母はペロっと舌を出して喜んでくれたと思う。


女達に待てと言った三年が経ったらどうしようと悩んでいた父が、昭和も押しつまった秋の日、突然逝ってしまった。母の死から一年十ヶ月。

呆気なかった。

前日、会社の階段の途中で父とすれ違った時、「これ要るか。」と貰い物らしいゴルフボールの箱をくれた。父はゴルフをしなかったからだが、箱の上には日附と「メイ子へ」の上書きがあった。父は人に何かをあげる時、必ず一言添える。プレゼントの仕方が上手なのだ。

初めて十八歳で指輪を買って貰った時、「大人になったお祝いだ。これで好きなのを選んでよい。」と札束を渡された。それまで本物のアクセサリーなど身につけたこともなく、さらに宝石店で一人で買い物をしたことなどなかったので、銀座の老舗に入るだけでドキドキしたが、とても誇らしく嬉しかった。

小さくても角度によって何色にも光るエメラルドの指輪を買って帰った。

箱の上書きは「メイ子十八歳を祝って。父より　日附。」

今は女性が自分の好きな指輪を宝石店や通販でどんどん買うけれど、その当時は、宝石は男から贈られるか、代々家に伝えられるものを身につけてこそ意味があると教えられた気がする。

そのエメラルドのプレゼントによって一段、自分が大人になったことを印象づけられた。

父の死は昼頃、どこからか役員の一人に電話が入り、彼が他の役員に指を差し出してバッテンをしているのを見たところから始まる。

出勤してから一人の女の所に行き、朝風呂に入っている最中に倒れたらしい。

病院に呼ばれて医師から解剖するかどうかと問われたが、何もかも一人で背負って亡くなった父なのだから、いくら娘でも肺腑の中まで白日に曝しては申し訳ないと思って断った。潔く倒れた父を、潔く抱き留めようとの心意気だったのかもしれない。

いつかはと思っていたが、余りに突然に目の前の山が崩れ落ちて、悲しいのか怖いのか緊張が強くて自分で判らなかった。

久し振りに見る父の手足が痣《あざ》だらけだったのが、鮮明に目を射た。

母が父に悪態をつき通しだったように、女達はそれぞれ病んで、苦しみの鉾先を父に向けていたのだろう。

待ち望んでいた結婚をのらりくらりと躱《かわ》され、それでも多分、充分に優しい男に心を狂わされていった人達を、その痣で傷みこそすれ恨む気持ちは起きなかった。

「つねられるのは痛いもんだな。」と一度父から聞いたことがある。それでもこれ程の痣とは思わなかった。

それよりも痣に気付かれないよう、痣をつけた女以外の女達の前では裸にならず、男としての魅力を感じて貰っていなかったのかと、そっちの方が痛ましかった。

父は他人の弱点を笑うことがなかった以上に、自分の弱み、愚痴などを一切言わない人だった。経営上での様々なトラブルがある時は、朝出かける前に祖母の写真に手を合わせて、チーンと鉦を鳴らして、「おっ母さん、頼みますよ。」と言うだけ。亡き実母にだけは、こっそりと甘えていたのだろうが、弱音を吐く父を見た人はついぞいない。

その点、父の嫌う都会もんの私は、すぐにトラブルそのものに屁理屈をつけて背を向けて逃げ出しては、「気分一新、方向転換」と称して解決するのを信条として来たのだから情けない。父は公私にわたって自分の引き受けた荷を下ろすことも、相手を責めることもなく、黙って背負い続けたのに。


都会もんで臆病者の私にも、どうしても逃げ出すことのできない局面に追い込まれたことがたった一度だがある。末期癌に苦しむ夫を抗癌剤の副作用から救いたいと、すべての治療を絶つことを、も早判断力の衰えていた夫に代って決断した。そのために無用な嘔吐、発熱などを防いで「これで良いのだ」と自分に納得させて来たが、目に見えて病の進行から来る衰えが夫を蝕ばんで来ていた。

そんなある日、担当医が、「副作用は強いが、画期的な新薬が発明されたから試して見ないか。」と勧めて来たのだ。

自分の命ならともかく、「夫」という他人の命を軽率な自分の判断で左右して良いものかどうか。生涯で初めて人智と情愛のいずれからも光明を得られない悩みの淵を覗いた。逃げることも判断することもできない。まして誰かに頼ることもできず苦しかった。

私は信者ではなかったが、クリスチャンの学校で長い青春時代を送ったので、「神様は人間の負い切れない荷は決して負わせない。」という、大いなる良識の「愛」に縋って生きて来た。

教会に行って祈った。何を祈っていいのかさえ判らずにただただ眼を閉じているだけの時間。

苦しさを訴え、重荷を支えてくれと甘えられる人はもう無言の神様以外に誰も傍に居なくなっていた。

一週間。

急に夫の容体が急変して、もう新薬を受けつける力をなくしてしまった。

その時、目に見える形で神を見た。私の代りに答えを出してくれた「神の愛」に救われたと思った。

合理主義で宗教や神など、信じなかった父。心の中の「おっ母さん」にしか頼るものを持たなかった父は、自分の撒いた苦渋の種を抜き去ることもせず、どうやって何事もない様に恨みを引き受け、生ある限り苦しみ続けようとしたのだろうか。日照りにも長雨にもかかわらずただ種を撒き稲を育て続ける茨城の実直な田舎もんの習い性に従って行こうとしていただけなのだろうか。

その究極に母が迎えに来て、父を救ったのだ。

最後の瞬間に父に覚えがあったか、母からのささやきを聞いたかどうか知れないが、私にはやっぱり「神になった母の愛」としか思えない。母がいつの間にか、遠い日の「おっ母さん」の代りになって、翡翠のロケットに祈り続ける父を引き取って行ったのだろう。

夕方、亡くなった父を病院から家に運び入れて、母の仏壇の前に布団を敷いて寝かせた時、丁度父が自分の夕食用にタイマーで仕掛けておいた米が一人分、ほっかりと炊き上がった。

茶碗に山盛りにして箸を真中に立てて、仏様になった父に供えた。

最後の最後まで、自分の身の廻りは人手をわずらわせずにきちんと始末して逝った父。だが、嘘で固めた女達のことは散らかしっ放しで。

その夜、二階の父のベッド脇に法律相談のハウツー本が置いてあるのを見付けた。しおりの挟んである項は、「結婚を約束しながらそれを破棄した場合」だった。

父という人は、どんなに深刻なことに向き合っていても、いつも腹の底の方からクックックッと笑いたくなるものを湧き上がらせる。

娘でよかった。

もし父の女だったら、「ふざけるな」と父を嬲《なぶ》り殺したかもしれない。

茨城の慣習によって妻が死んで三年間は再婚できないと女達に言っていた、その三年未満で父を冥界にさらっていったのは、きっと母自身も気付かぬ深い深い夫婦の思いやりなのだろう。

それに引き換え、夫の死後、何年もおめおめと娑婆をうろついている私は、和やかな夫婦関係に見えて実は夫に全く愛されていなかったのではないかとたじろぐ。

父の八十歳の死の直後、昭和は幕を閉じた。

あの世で待ち焦がれている母の遺影と私の家族だけで、静かに通夜を営んだ。

古くからの父の友人の話によると、一週間前に父と先斗町に遊んでの帰りがけに、後十年は会社の長として働き、遊び続けようと誓い合ったという。

きっと私や周囲以上に、本人にとって合点の行かぬ終末だったろう。

しかし、遊びつづけて自分でも気附かぬ風にポックリ逝くなんて、「あくまで強運の人だ」と夫は言う。

最後は父を突き離した様に先に出かけた母だけど、やはり黄泉の国の向うから綱を引いていたのだ。

母の没後一年十ヶ月目だった。

＊

大きな岩の様に私の足元を支えていた人が去って行ってしまったが、私にはすることが一杯あって、うろうろしている訳には行かなかった。

父の葬儀、会社の将来、そして何より父との約束を果さなければならない。

データは持っていたけれど、私は父の彼女達にそれ迄会ったことはない。

すべての女達に端から電話した。生前の恩誼を謝し、「葬儀の前に別れの時を持ちたければ明日の午後一時に来て欲しい。」と。

集まったのは女四人と、母親の違う二人の娘達だった。父の誇る十八歳という五人目は、まだ本格的な親交に到っていなかったのだろう。来なかった。

それぞれ見事に十歳くらいずつ離れている。

私は父の作った母と二人一緒の写真をはめこんだ翡翠のロケットを握りしめて、彼女達を父の眠っている死の床に招き入れた。突然の死なので、父は衰えのないつややかな肌で、肥った身体を包む布団をこんもりと盛り上がらせている。

皆、父に取り縋って大声で泣き崩れる。

本宅の娘である私に聞かせようと、いかに自分が本妻である母より愛されていたかを誇るために、泣くだけでなく泣き声まじりにいろいろ物語るのだ。

A「昨日は一緒に朝ごはん食べたのにィ。S子が学校に行っちゃった後でひどいよぅ。なぜ一目会う前に死んじゃうの。あんなにかわいがってたのに。」

この人の家の風呂で、朝食後の入浴中に倒れたのだ。

他の三人の女は、父から聞いたこともない駅名の場所で父が倒れたのか、不思議がっていたが、この後、三十分もすればその謎が氷解する。

まだ中学生だろう女の子が、母親に倣って父のことを「クソジジィ」と呼ぶんだと父が悲しがっていたが、一番年の行かないその娘をさぞ可愛がっていたのだろう。もし周囲に人が居なければ、父の布団に潜り込みでもしたい様に父につかまってしゃくり上げる。

多分、三年の喪が明けたら父がすぐにでも結婚しなければならなかったのはこの人だ。その時は取るものも取りあえず来たようで洋服だったが、和服の似合う女だと父は私に自慢していた。

寝言で「お前、一寸帯が上過ぎるんじゃないかい。」と父が言った言わないで、母と揉めたことがある。母は二号さんのことと思っていて、父のすべての女をそれぞれ分けて特定できてはいなかったのだが。

B「昼は帝国ホテルで待ち合わせだったから、ずーっと待っていたのよ。」

ちょっとおっとり目で一番年上の彼女こそが、終戦直後からずっと母を苦しめ続けたその人だ。私と十歳以上年の離れた、これもおっとりした女の子を連れている。

私が娘を産んで命名候補の中に、彼女か彼女の娘と同じ名前が入っていたらしい。私が「これにする。」と言った時、父は慌てて、母の居ない部屋に私を引っぱりこんで、実はこれこれなんだ。その名前だけは勘弁してくれと父が懇願したのは可笑しかった。

母が別の部屋で、父の慌て振りを冷笑している気配まで伝わって来たものだ。

どの女も皆バー上がりだが、戦後すぐのことでバーの仕組みもプロ教育もまだ完全に出来上がってはいなかったのだろう。彼女一人は何となく素人くさい感じがした。

C「土曜日一緒に映画に行って、バーに飲みに行ったばかりなのに。」

父の言うスタイル抜群という人で、葬儀に列席した社員達から最高点をつけられたのはこの人だ。

D「今日は毛皮のコートを買いに行く日なのに。」

一番若いこの人は、多分その頃の父にとって一番の物入りだったらしい。前にも父のポケットから毛皮のコートの領収書が出てきたと、母から私に呼び出しがかかったことがあった。

「お父様に毛皮のコートを買ってもらいなさい。」と母は私に命令した。

「もう日本では温かいから必要ない。要らない。」と私。

「要らないなんて言うんじゃありません。買ってもらいなさい。」

「じゃお母様が買ってもらったら？　私欲しくない。」

「私は欲しくない。メイ子が買ってもらいなさい。」

父への怒りが毛皮を欲しがらない私への怒りにとり替って、ずい分母を怒らせてしまった。それは多分この人のせいだろう。

四人が声をはり上げて涙まじりの泣き言、自慢、繰り言、宣伝……。

その合間に「パパ、パパ」「ダディ、ダディ」「あなたぁ」「お父さん」

「家庭によって自分への呼び方も変えていたのね、お父様。そうでないとこんがらがってふとしたはずみにボロが出るからでしょ。」お見事としか言い様がない。

「お母様、長いこと苦しんだでしょうけど、その悲しみを娘としてあなたが生きている間に晴らしてあげられなかった。でもこれが私の親孝行よ、よく見ててね。」

私は背筋をのばして女達を見据えながら、握りしめたロケットに心の中でささやき続けた。まるで新派の杉村春子になった様な気分だった。

ひとしきり泣き叫べば、あとはこれはちょっとどころか大分変だと女達自身が気が付く。自分こそ本妻を凌ぐ本当の愛人だったはずなのに、こんなに後釜が控えていて、取り換えられていたとは。白けてくるのは当然だろう。

女達の繰り言を聞いて、父がいかにマメに時間を振り分けて各家庭を廻り歩いていたか、いかに忙しいスケジュールをこなしていたかをつくづくと知った。効率的に通うための利便性を考慮して、それぞれの家庭のすべてが、父の会社からは至便な同一私鉄沿線上に、二、三駅間隔で並んでいる。

子供時代にいっとき私も住んだことのあるその沿線界隈は、東京とはいってもかなりローカルな雰囲気を残していて、終点駅に行くことはあっても、途中の駅の町に用事などないのだ。父は電車に乗らず社用車だったから、絶対にかち合うことがない。それぞれがとても近いので、一晩に二、三軒のかけもちも無理ではない。

改めて、その計画の周到さに敬服せざるを得ない。

女達は次第に事情が明らかになると、涙をすっかり収めて興覚めた面持ちで、葬儀の案内状を手に、それぞれに同じ方角へと帰って行った。

ちょっとえげつないやり方だったけれど、私としては「死ぬ時はすべての女と会わせてくれ。」という父との約束の一番目を果たしたに過ぎない。父の希望がこんな形になったのを知ったらきっと言うだろう。「そりゃないよ、メイ子。」

その後、お互いへの反目の強さから、本妻の娘である私に対して却って親愛感を持つ人がいたのは想定外の成り行きだった。

＊

社葬はかなり大規模に行なった。

私達親族の席には、三人の女と二人の子供が加わった。今思い返せば、これは私の優しく行き届いた処置というより、ずい分と加虐的な仕打ちだったかと思うが、私だって内心はかなり怒っていたのだ。

私の娘より幼かった二人目の女の娘がしゃくり上げる声が会場にひびいて、社員達のひそひそ話が伝わって来る。父らしい式になった。

きっと私に対しての様に、どの子にも甘く優しい父親だったのだろう。

締め括りの挨拶には「父はまだまだ自分でも死んだ気はしていないだろうけれど、六十年愛し続けた母の呼び寄せに応えたのでしょう。」と、しっかりと父の母に対する愛情の深さを表わす文句を入れて、「葬儀には女達全員を呼ぶ様に。」との父との二番目の約束を締め括った。

遺骨を女達に分けるのには、小振りの骨壺を四つ用意し、元の骨壺の封を開けて、「お母様、足のかかとの方の変なとこにしたから我慢してね。」と詫びながら、少しずつ小さい壺に分配したが、結局、その小さい骨壺を受け取ったのは二人だけだった。結婚を迫った人は、死んだ骨にはなんの未練も見せなかった。

「お父様、要らないってよ。」と戻って来たお骨をまた元の壺に戻して、父の骨壺を母の壺に寄り添わせた。

生前にもう用意していた墓があるのを知って、「お参りしてもよいのか。」と聞いてくる女がいて、「どうぞどうぞ」と私は愛想よく返事した。

だからこその比翼塚なのだ。案の定、誰からか予想のつかない花が供えられていたことはこれまでない。

女達には比翼塚は抵抗があり過ぎたからだろう。後に「立派なお墓を私も作りました。戒名は浄土宗で何とか居士だから是非一度お参りしてください。」と言ってきた人もあった。

父は生前の振舞いと同じ様に、胸から上は母の眠る真言宗の春徳居士、右足は浄土宗の何々居士、左の脛には別の宗の何々居士とたくさんの名札をぶら下げて、分刻みで冥界を忙しくさまよっているのだろう。

母なる信女もまたすべての嘘が明らかになった今、きっと天女になって眦《まなじり》を決して父を追いかけ回しているに違いない。死んでも父のまわりはいつも賑やかなのだ。

「お父様、約束は皆果たしましたよ。」

そして相続の財産分与が始まった。

いつまでもお金の分捕り合戦で彼女達との親交を長引かせるのはかなわないから、両親の住んでいた家も土地も売り払って法律通りに分配した。受け取った遺産に皆が納得したのですべての女達と、彼女らの子供達と袂を分かった。

私が受け取ったのは、彼女達の欲しがらない未上場の自社の株券だけだから、とんでもない額の納税の負債だった。

同族会社の未上場株の値段は、経営に携わる同族の遺族が受け取る場合と、それ以外の人間が受け取るのとでは大きな開きがあることをその時に知った。父の後始末に気を奪われていて、自分の後始末まで気が回らなかったのは迂闊だった。もしかしたら父からの仕返しかもしれない。

「一物一価」の法則は税務署の匙加減で簡単に破られ、その株価の計算方法の根拠はすべて税務署の作ったブラックボックスに守られて追及できない仕組みになっている。つまり税務署の言いなりということなのだ。

金使いの荒い創業者の死に絡んで父の使途不明金の行方などを調べるため、国税局の役人が五人も数日にわたって会社に詰めることになった。かなりの現金が紛失していることが判ったが、対象者が私以外に五ヶ所もあるので、結局判らず仕舞いになった。

天下の国税局も、何十年にわたって女達を騙しつづけた父の年季の入った鉄壁の嘘の壁を崩せなかったという他はない。面白かったのは役人達もまた男だ。もし自分なら女を囲うことが可能かと試算したかったのだろう。彼らの一番の関心は、「一人の女への一ヶ月のお手当額。」だった。ところがそれは意外に少ない額だった。

父の金使いの巧さはそこにも光っていて、固定費は安く、変動費はその都度だったのだ。女達は月々のお手当として渡される固定の生活費の安さから、父の囲った空巣から逃げることもできたのだが、ねだれば引き出せる変動費を狙って鋭意努力する毎日だったと想像できる。女を繋ぎとめる愛情の強さが常人とは違っていたかも知れないが、女達への固定費の低さがその離散を喰い止めていたのも事実だろう。

各家庭に、母の使っていたのと同じ様な大福帳がぶら下がっていたろうことも想像に難くない。

使途不明金はそうして発生したのだろうから、それを処理していた腹心の担当役員の涙ぐましい努力には、娘として今も感謝する。

「でも問題は金だけじゃないのよ。愛情から発露する嘘の手管がなきゃね」と、国税局の役人達に言ってあげたい。

だって女達は皆、それぞれに父を心から愛していたのだから。

プライベートな財産分与は金で解決できるから、ある意味簡単だ。いかに熾烈な相続税も、持っている以上には取って行かない。バブルがはじけてインフレは収まってしまったけれど、納税債務も父の教えに従ってながーくながーく、年月をかけて支払って行けばいいのだから。

一番厄介なのは経営権の問題だった。

それについては生前、「会社の将来どうするつもり?」と一度だけ父に訊ねたことがある。「お前の将来か。」と問い返されて恥ずかしく、それ以上続けられなかった。

そういう時、父は実に意地悪なのだ。

父の「一番大切なのは自分。」という哲学によれば、経営者は後継者を決めた時点で頂上から滑り落ちることが判っていたのだろう。

よく大企業の社長交替セレモニーに招ばれることがある。

白い華ボールの下の前社長と、赤い華ボールの下の新社長との周りに参集する取り引き先の人数の差を見ると、「昨日までのあの取りもちは何だったの。」と世の中の人間の現金なこと、浅ましさに呆れる他はない。

その点、父の人使いの術は経営に於ても卓越していた。

役員四人の内、一人は娘である私の夫、一人は営業畑で売り上げを築きあげた棘腕役員、一人は金庫番としてその頃急に盛んになった株投資で荒稼ぎをしていた人、一人は子供の頃から父に可愛がられていた私の従兄で、彼が公私にわたる父の秘密のすべてを把握していた。

誰もが次は自分だと考えておかしくない位置にあった。子供をもつ女達の手前、父が直属ながら私に経営権がわたることはぼやかしておきたかったのもよく判る。女達の誰もが、母のあとの後妻は自分だと考えるのと全く同じ役員の構図なのだから厭になる。

父の指名がなかったために、後任社長の選定は揉めに揉めた。社内選挙があって、すったもんだがあって、最後は実直一筋の私の夫の手に落ちた。

しかし思いもよらずその後数年で、夫は亡くなってしまった。余りにも怪物だった父の跡を継いで行くのは、潔癖で常識人である夫の荷に余ったのだとしか思われない。

＊

夫の誠実な経営についても書いておきたい。

平成に入ると高度経済成長も終りに差しかかり、第二次オイルショックを契機とした経済混乱が始まろうとしていた。

何となくきな臭い雰囲気はあったが、実に長い戦後の成長の歴史が、日本の経営者達に「この落ち込みは一時的なものだ。まだまだこれから良くなる」と楽観視させるムードを醸成させていた。

接待の席上でも、「一寸失礼。」と席を立って、証券マンの電話に応じて株の売買を平然と繰り返す金持ちが、一人や二人ではなかった。博奕を好まない父だったが、亡くなる二、三年前から証券会社の勧めに乗って、役員の一人にその采配を委せていた。

夫の社内での仕事は、その頃脚光を浴び出した「3PL」、つまり顧客である製造業、大企業の物流部門としての下請けを受け持って、倉庫内での製品の多品種仕分け、大企業の取引き先への即日大量配送だった。

コンピューターやバーコードを使って、微細な精密機器の部品の仕分けを扱っていた。その主力は、求人難のなかで八方手を尽くしてかき集めた不馴れな人たちで、百五十人以上の人を使っての気骨の折れる毎日だった。ピン一本誤《ご》出荷しても、自ら得意先に誠実に謝りに行く日々。物流が世の中を支えているという認識がまだまだ低く、メーカーや販社からは倉庫業は一段も二段も下に見られていた時代だった。

「一個何銭という製品の仕分けをするのに、一日に一人で数万個を捌いている時、数分で億という金を儲ける株取引きは、残業して苦労している社員に対して申し訳ない。」というのが、平成に入って社長職を継いだ直後に、夫が株の売買をすべてやめてしまう理由だった。

そしてやって来たバブル崩壊、株の大暴落。

もし父が居なかったら、会社は発展しなかっただろうが、もし夫が社長になららなかったら会社が消滅していたことも間違いない。それだのに夫自身はこの功績を決して高く評価することをせずに、父のカリスマ性に気後れするばかりだった。私が引き継いだのは二人の先輩社長のこうした英断と良識に守られた会社だったのだ。

＊

偉大な二人のあとを継ぐのは、夫が悩んだと同じように荷が重いはずなのに、私は根っから図太く出来ているのかも知れない。楽しく仕事をした。

そして休日には、父の生きた跡を訪ね歩いた。

中学時代、「七歳から煙草を吸っていた」という姉と一緒に預けられていた茨城県のひたち太田の町に何度も行ってみた。

この伯母も豪胆な気風の人で、父と会うと必ず将棋盤を持ち出し、パチッパチッと二人共早打ちだった。

「小遣い出せ」と父に命令する。父が何か叱言を言うと、「お前は出しっぷりが悪い。出すときは黙って気持ちよく出すもんだ。」と叱っていたから、父より一枚上手だった。

沢山の姉弟の中でもこの二人は特に変り者のところが良く似ていて、その丁々発止のやりとりはまるで漫才を見る様なところがある。

学校はどの程度真面目に通ったのか怪しいものだが、二人で下宿先の食事前、いろいろ買い歩いたに違いない。子供時代の食べ物は一際強く印象に残るものらしく、銀座の高級料亭で天ぷらを食べた後でも、「やっぱり子供の頃に駄菓子屋で買って食べた桜えびの天丼、薄い天ぷらの衣ががどんぶりの縁にひっかかって載っている奴が一番うまい。」と慨嘆していた。

また相当に不良を通して遊び詰めの父が、東京に出て有名大学に一浪の後、入学したことは誰も予想だにしないことで、特にこの伯母は「あん時はたまげたぁ。」と何度も洩らすのだ。

戦前、水戸に住んでいた父の姉であるその伯母と、本家の嫁であった伯母の二人共、羽振りのよい頃は本当に気前がよかった。会えば必ずまだ幼い私に壱円札の小遣いをくれた。その度に倹約家でつましい江戸っ子の母が眉をひそめるので、子供の私はいつもおろおろしたものだ。たとえ貰っても自分で使うことなど絶対に教えられてはいなかった。

長火鉢の前に座っている伯母の前の卓伏台には、沢山の女中達が作った金ぴら、天ぷら、赤飯が大皿のへりまで一杯に山盛りになっていて、「手をお出し。」と言ってじかに手の平に載せてくれる。手に載っているものは食べ切らなければ身動きもならない。男達には、客人、セールスマン、私の従兄である子供達の友人を問わず、昼であろうと夜であろうと酒や肴がふるまわれるので、客人は引きも切らなかった。

裏の台所には空になった「てんやもの」の丼がいくつも重なっていて、女中達が何人も一日中煮炊きをしていた。伯母達二人は共に子沢山だったから、女中達が自分に委された赤ん坊用に天日に干し上がったおむつの取りっこをするのも壮観だった。

銘品の大皿の中央に炊き合わせの野菜をちょこっと盛りつけ、おやつは三時の時計が鳴ったらビスケット数枚と牛乳という生活を美学としていた母が、父の家風とのギャップをどう乗り越えたのか。そして反対に大食漢の父が江戸前の食卓をどうこなしたのか。お互いの育ちの違い、生活スタイルの差から生じただろう困難は想像に難くない。

幸い、名古屋、茨城近郊の町々、東京と、父の実家からも母の実家からも離れて暮していたからこそ、険の強い幼い母と、気晴らし上手に宥めすかす父との家庭生活が保たれたのだろう。

父は数軒の女の許へ通っても、「ああ、腹減った。」と言ってそれぞれの家で女の手作り料理をもりもりおいしそうに食べるのを、ご機嫌取りの第一と考えていた節がある。

いくら大食漢の父でもそこはやはり許容量というものがある。その秘伝を父から聞いたことがある。

一軒行ったら、次へ行く前に全部吐き出すのだそうだ。

「お父様の喉って変よ。風邪引いてルゴールを塗ってあげようとするとすぐ吐き気なんだから。」と母が気味悪がっていた。

父の故郷である茨城県水戸発のローカル線の終点、太田の町にはまだ大正時代の気配があちこちに漂っていた。「中将湯」の大きな看板があったり、初恋の味カルピスのかわいい女の子の昔のポスターをそのまま貼ってある店もある。煙草の葉を運んで来る農家の馬止めの杭が並んでいるままの煙草工場の跡地。醤油の香りが外にまで洩れてくる醸造元。

父の通った中学校には大正時代に建てられた木造の西洋風の講堂があって、町の文化遺産に指定されていた。少し歪んだ手造りの窓ガラスに、明るい校庭がいびつに映って、ゆらゆら揺れていた。

学校の向うに続く田んぼを眺めていると、お彼岸の時には「おっ母さんのさとまで一人でぼた餅を持って行かされた。そりゃあ遠かった。」と言う子供だった父の歩いて行く姿が、風に揺れる麦の穂先に見え隠れした。

太田に行ったときは、父の大好きだった笹に包んだちまきを必ず買って帰って、私の自宅に置いてある父の位牌に供えた。この位牌と仏壇は、母の亡くなった後で、邪魔にならないようにと極く極く小さいのを父が作ってくれたもので、その時一緒に大量の線香と小ろうそくも買ってくれた。

さすがに線香はもうなくなってしまったが、二百本入りのろうそく十箱は、毎朝拝んでもまだタップリあった。その時「いくら何でも多すぎるわよ。」と文句を言ったが、灯かりを点す度に父のことを思い出す。さすが父の演出効果は抜群。多分、この小ろうそくの尽きる日が、私の命の尽きる日だろうという妙な確信まで生み出した。


父の足跡は田舎にも残っているが、やはり闊歩していたのは戦後の東京だ。

まさか女達の家を見て歩く気はしないし、亡くなってから二号さんが、父は「ここでよく遊んでいた。」と自慢して見せた工作室の写真が、自宅のより少し小ぶりながら同じ設えだったから、実際に見なくても多分、どの女の所も似たり寄ったりなのだろう。

大きな施盤は自宅に置いていたが、大好きな工作物をあの家、この家と移動しながら仕上げるためには、妾宅にもそれぞれ作業場が必要だったのはよく判る。

多分、台所の造りも、よく買って来る台所用品、肉ミンチ切りとかパーコレータとかステーキ用の鉄板なども皆同じなのだろう。

「お父様って結局、もの凄く家庭的な人なのね。」と私は強烈に皮肉った積りで言ったが、「だろう。」と得意そうに答えるのだから始末におえないのだ。

父と反対に真面目な私の夫は、黒眼鏡をかけては、「俺やくざに見えるだろ。」と得意がる。どちらもかわいらしい男達のないものねだりだ。

女の家はさておき、父が毎日通ったバーは是非覗いてみたい場所だった。

いろいろ探してみて判ったのは、父はバーで遊ぶというより馴染みのママに義理立てするとばかりに、ウイスキーを一杯飲んでは次の店に移る。必ずチップつきの現金払いだから、どこのママも揃って、「あんな飲み方をする人はもう彼のあとには出ないわね。」と賞めた。父は誰に対しても相手を喜ばせることを第一義と考えたから、どの店にも実にマメに通っていたのだ。

「そろそろ牡蠣の季節だから今度。」とか、「あそこの天ぷらに連れて行こう。」という父の約束を受け取っていたママたちは、父が亡くなったと聞いて、「楽しみにしていたのよー。」と嘆いていた。父は口約束でなく、いつもちゃんと実行していたのだろう。

どこのバーに行っても、ママや女の子達が父は誰よりもマメで優しく、誠実だったと言った。「私も父のような飲み方をしてみたい。」と言うと、「あなたなどとても追いつけるものではない。」と馬鹿にされた。が、父の誠実さは、常に女を狙い、口説く隙を窺って、それを成功させるために身についた技術だったのではないかと勘ぐれば、父に追いつこうという私の気持ちも褪せてゆくというものだ。

何しろほとんど名刺を出さない人だから、何と奥床しいと思っていたが、別の目的があったのではないかとも思うのである。

父の死のすぐ後、父が通っていた銀座の超一流クラブのママの訃報を新聞で見つけた。

私は大きな花束を抱えて開店前の店を訪れた。「Aの娘ですが、もし父が生きていたら、きっとお花をお供えしたと思うので、代りにお参りさせてください。」

ところがAという名の人は知らないと言う。

そんなはずはないと二言三言押し問答していたら、そこに入って来た女の子が「ああ、それは山野さんよ。」と父の友人の名前を言う。

「ええ？　山野さんも常連だったのですか。」

「違うの。いつかポケットから免許証落した時に、私が『あなたは山野さんじゃないじゃないの。Aって免許証に書いてある。』と言ったら、『黙ってろ。』と言われたの。」

それで一件落着はした。

何のための深謀遠慮か、何のための嘘か、父は自分でもよく判ってなかったのではないかと思う。女に対する配慮からにせよ、嘘の厚化粧が何十年も剝げ落ちなかったのは、皮肉にも母の内助の功のおかげだったと思わざるを得ない。

腑に落ちない父の行く先や行動は、すべて本妻のせいだと思い込んでいた女達の手前を取り繕うために、隠れ蓑にしていた母を喪ってしまったらどうなるか。

堰の切れんばかりの防波堤のあちこちに穴が開いて、今にも押し寄せてくる奔流を押し留めようと、孤軍奮闘で繕い続けた一年十ヶ月だったのだろう。

私は「本物の浮気なら命懸けよ。」と、世の男達に伝えたい衝動に駆られるのだ。

父の思い出話をして笑ったり、一緒に憤慨したりする人達も、ほとんど旅立ってしまった。

小賢しい娘の私がもう父の忌年を越える。

生前、誰にも差別なく優しい大らかな父だったが、そのあり余る熱情は近くにいればいる程、愛された人間を火傷させずにはおかなかった。

さすがにその熾火《おきび》も没後三十年近く経た今では、ほこほこと私を温めるだけになった。亡くなった直後、創業者である父の胸像を作ろうという声が上がったが、そういうのはシャイな父の厭がることだからと、私が反対した。

だから私が死ねば、父は私の子孫や会社の社員の誰の心からも忘れ去られてしまうだろう。

茨城の田舎から飛び出して、世界の旅の経験から得た広い視野と、独創的な発想で昭和を駆け抜けた男。

周囲の女や子供を愛情の焔で火傷させながら、人には絶対見せることはなかったが自らも大いに傷つきながら逝った人。

俺の明るく輝いた生命の軌跡を書き残せとばかりに、もう年老いてしまった娘の私を、父は尚も日々追いたてる。

「昭和が終ってあなたが逝ってからもう四半世紀以上過ぎようとしていますよ、お父様。」

碧空を切り裂いて蟬の森に落つ

第二章

*

父を慕い、父を書いて自分の生を終えなければと、私はずっと思い続けて来た。それを読んでくれさえすれば、父の成した会社の社員、父の残した物質的、精神的資産を享受している私の子供達などが、ほんの少しその男を思い起こしてくれるのではないかと。そうすれば自分の生きる義務を終えられると。

しかし父の思い出を掘り起こした深い穴の底に、私はもう一つの生々しい父の形見を探り当ててしまった様な気がした。

父の真似をして生き、追いかけて、泣き笑いしながらもどうしても父に追いつけず、銀座のママ達に「あなたなんかとてもとても。」と嗤われた、矮少でいびつな私、メイ子。

メイ子を書いてメイ子を葬らなければ、父への追悼は終わらない。

*

メイ子は両親によってずい分と大切に育てられた。

経済的にも豊かで、両親の少しざわつく様子を感じることはあっても、文化的な雰囲気の家庭の娘として成長した。

好きだったたくさんの書物を手当り次第に読み漁った。子供の頃は母が選んだのだろう、美しい絵本がいつも子供部屋にあった。

戦争中、湘南の裕福な伯母の家に疎開した。カリエスで寝た切りの従兄の寝室は画集や小説などの本で埋もれんばかりだったから、病が感染するから行ってはいけないと母に叱られても忍んで行くことがやめられなかった。

戦後は、父が古本市から買いつけた全集物が車でどっと届いて、メイ子は書物漬けの毎日を許された。

今の頑健さからは想像できないが、女学生時代はちょっと胸が弱くて、熱を出しては始終学校を休めるのが、幸いと言うべきだった。

終戦直後だから、どの書物も今思えば大したことはないのに、際どい表現は××で隠蔽されてあったが、素直に、読んではいけないものだと思って、特に詮索することなど思いもつかないおとなしい娘だった。

本ばかり読んでいたから、小さい頃は三輪車にも乗れないし、学校に入ってからはボール遊びが最も苦手な生徒だった。

ところが父に似て背が高く、おまけに色黒でガッチリしているものだから、転校する度に面接の先生に「スポーツが得意そうですね。」と期待されるのは辛かった。

高校を卒業すると、田舎ものの父が憧れ唯一手の届かなかった上流社会、お家柄への上昇志向に沿って、大学はその手の有名校にと促され、メイ子は喜んで入学した。

その大学は世間の常識とは異なっていて、コネのあることを入学条件にしていたから、父は会社の得意先を探し回って、その大学の現役の教授からの推薦状を貰って来た。

そんなに苦労して得たコネなのに、入ってみたら試験だけで大学の門を通って来た田舎の名士の娘もいた。

コネ探しにあんなに苦労したのにと、メイ子は思ったが、お家柄のいい娘達は、田舎出の娘たちに反撥を感じるらしく、「本当に試験だけで入って来るなんて。この学校の伝統が崩れる。」と聞こえよがしに喋る。

その時は若かったから、「何という狷介で驕慢な。」と気持を冷たくしたが、今改めて考えてみると彼女達の意見はけだし名言である。

大学なんてどれも似たり寄ったりなのだから、本当に学問したければ東大とか専門校へ行けばいいのだ。その他の大学は、それぞれの特色でその存在意義を打ち出せばいいのだと思う。

誰も知らない何々貴族の出とかいうのまで含まれるお家柄を守るのもよし、経済界の閨閥の子弟だけの大学もよし、近頃なら芸能界の子供達の美人、イケメン集団を育成することに徹する大学があってもいい。その方が、学生の卒業後の進む道もはっきりして、無駄もないというものだ。

実際、メイ子が大学で一番知識を習得したのは、授業より図書室だった。

その大学では成績優秀者には授業出席免除というご褒美が出る。

「だから駄目なんだ。成績優秀者は人より多く授業に出る特権を与えるのが筋でしょう。」と、尊敬する成績優秀な先輩が息まいた。しかしこうした常識的な卓見が異端であるのがこの上流大学の特質だった。

アメリカ人女性の学長のモラル授業は、いかに上流社会の男の妻となって夫を支え、夫の陰から日本の社会を牛耳るかと言うに尽きた。良い母となって育児にかまけることなく、夫と常に歩調を合わせよというのは、その頃としては新しい良妻教育だったと思う。

学長が説くには、「夫から目を離すと男は必ず別のガールに走る。」と言う。しかし、目を離さなくても男は外のガールに走り易い動物だということは、学長に教えられる前にメイ子が身をもって知って来た事実だった。

何だか少しふてくされた学生のメイ子像を書いてしまったが、メイ子は将来に待っているべき上流社会を目指して、意気揚々と卒業した。

昭和二、三十年代は、職業的見合斡旋婦人がいて、見合い話は降る様にあった。しかしながら思い返すと、自分の人生で一番やり甲斐もなく、詰らなかったのは大学卒業から結婚迄の花嫁修業時代だ。

学生時代は友達と芯から喧嘩もし、青臭い議論に明け暮れ、読みたい本に没頭した。

努力すれば知識も積み上げられたし、将来の夢も大きかった。

将来の夢は大きかったが、その頃の女の夢は結婚する男の器量にかかっていた。そのことに何の疑問ももたなかったから、卒業と同時に見合い三昧の暮らしになったことにも余り違和感をもたず、美容院通い、洋服作りと忙しかった。

見合いは、半分断わられて、半分断わった。

私は美しい母似ではなく福相な父にそっくりだったから、「お母様の様な人がよい」という、若い娘にとっては残酷な断わられ方もした。

見合いの相手に入れ込んでデートを重ねた後に断わられた時は、疑似失恋をして落ち込む。すると、父は、帰宅を出迎えるメイ子を玄関先で、「メイ子、お父ちゃまが必ず幸せにしてやるからな。安心して待ってろ。」と言って、ギュッと抱きしめる。

安心するどころか、却って悲しくなったものだ。

後年出合った母親の違う妹に当る二人が、どっちも美人ではなく父親似だったのはちょっと笑えたが、それも父の遺伝子の強さと言うべきか。

見合いを重ねるうちに、他力頼みの人生の味気なさをじわじわと感じてきた。恋愛感情などあまり湧かなかったから、見合いにも飽きて来た。社会的相場での自分の〝女の値段〟も何となく判って来たので、結婚すれば恋愛感情が湧いて来るものだとの伯母のアドバイスもあって、結婚に踏み切った。

穏やかに半年程を過ごしたが、どうしても納得できない気持を抑えかねて、ある朝、家に戻ることにした。「行ってらっしゃい。」と夫を送り出してすぐ、小さなバッグ一つに下着だけつめて家に帰った。

出勤の遅い父がまだ家にいたから、「ただ今。離婚することにしました。」と挨拶した。

「そうか。お帰り。」とだけで、父が何も言わなかったのは今でも感謝する。娘の行動に全信頼を寄せていてくれていたのだと思う。

離婚の判断を決めたその時からメイ子は初めて、自分の足で歩き始めたのだ。オロオロしたのは母だった。離婚などしたら「出戻り」と言われ、その将来は何の明るさもなく生産性も閉ざされてしまう時代だ。

結婚して何ヶ月も経っていなかったが妊娠もしていたから、メイ子は「すぐに始末する。」と宣言した。

母は「私の子として育てたい。」などと言い出す。「そんなの困る。」とメイ子は言い、「馬鹿な。」と父は母を説得する。

そして即入院となった。

こうなったからと言って、メイ子は暗い閉ざされた未来とは思わなかった。これからは自分で未来を切り開くぞとの気負いがあったのだ。

何が何だか判らずにメイ子に振り回された当時の夫とは、その後二度と会わなかった。

何度も「二人だけでもう一回話し合いを持ちたい。」との申し入れがあったが、「別れるために会う必要はない。」と頑固に通して、仲人だった人にすべて委せ切りにした。

さっぱりした決断のつもりだったが、それでもメイ子の人生にとっては決して小さくない出来事には違いなかった。

子供を堕ろしたあと、体調を崩してしばらく熱が続いた。熱を持った体でうとうとと柔らかな昼の時間を過ごした。

父母と一緒に起きている時はシャンとしていたが、多分自分でも量れぬ程の不安におののいていたのだろう。一人になると、ぼんやりと薄墨色の靄の立ち込める茫々とした風景の中に、過去も将来も定かでない、行く方を見失ってぼんやり佇むメイ子の姿を、遠くからじっと見つめている私だった。

病室の夜、メイ子の額に母が冷たく小さなキスを落した。あなたの娘、メイ子はそんなにかわいそうなのかと、却って母が哀れで目を閉じて寝たふりを続けた。

ああ、あのキスも忘れられない私の大切な宝石の一つ。

出口の見えない結婚生活に苦しみながら私に託した母の夢を、一回の決断で無残にも打ち砕いてしまったことだけが、唯一、メイ子の大きな後悔だった。

父は入院中には来なかったが、退院時には迎えに来てくれた。父は屈みこんでメイ子の足元に可愛らしい赤いサンダルを揃えて置いた。

その父の背中に幼い日の様に凭れかかりたいと思ったメイ子の甘え心を思い返す私は、やはり強がっていても随分心細かったのだろうと、今は若いメイ子を不憫に思う。

無理な堕胎で、家に帰ってからもベッドに潜り込む様な日が続いた。

メイ子はすれ違いの様で交際に至らなかった今の夫の英次を、実は恋していたことに気附いた。

「お父様、おつき合いしたいって申し込んで来て。」

「お前まだ離婚も成立していないのに、ちょっとはしたないんじゃないか。」

随分と女にははしたない父が、尻込みするとは心外だった。

「しあわせを摑むのに、はしたないもない。」と私は必死だった。英次も私を忘れ兼ねていたという吉報を得て、交際するに至った。

何しろ着のみ着のままで戻っていたから、父と母がすべて一から買い整えなければ外出もままならなかった。

＊

半年後に離婚が成立し、その六ケ月後、英次と法の取り決めにしたがって結婚した。

友人から毎年違う苗字で年賀状貰って誰だか判らないと苦情を言われたので、しばらくは実家の姓を書き、括弧で新姓を記して手紙を出した。

これならはっきりして良いアイデアだと思ったが、何だかいわくつきの結婚生活を示唆しているようで、友人の間では噂話の種になっていたそうだ。

とかく結婚による女の姓の転換はわずらわしい。

夫に出会い、気負って結婚したので、結婚生活の甘さからしばらくは社会から疎外されている女の悲哀を忘れて過ごした。

雄々しさに憧れて結婚した夫は、びっくりする程かわいらしく弱虫で、ゴキブリなどが出ると「メイ子どうにかしてくれ。」と泣きついてくる。「判った、任せて。その替り私の後ろで、アレー、助けてと黄色く叫ぶのよ。」と私は注文をつけた。

文学少女出を自任するメイ子は「一回でいいからチャタレー夫人みたいに飾らせて。」と懇願したが、「止めてください。恥ずかしい。」と本気で言う。夫は文学にまるで疎い。

子供も二人産まれて、熱心に「お母さん」をやった。

時々、持ち前の生意気で、娘の学校のPTAの会長に楯ついたり、町会の役員達から「アプレは困る」と言われても意見も押し通した。声高に意見を言うことで一人前の大人であることを証明しようとしたのかもしれない。

ＰＴＡの会長から「『小学校通信に金が不足する度に徴収するのではなく、近所の魚屋か八百屋から広告をとろう』などと言っては、村八分になりますよ。」と諭されたが、「正当と思っている意見を言わないことより、村八分の方が怖くない。」とメイ子は意気まいた。あの時、どうしてああも何もお構いなしに強気になれたか、もう忘れてしまった。自分の力で勝ち取ったと思い込んだしあわせに溺れ切っていたのか。

当番で町会費徴収に回った時、「息子と同居する老親は一世帯分の町会費で良いが、娘と同居する老親は子供世帯と苗字が違うから二世帯分払え。」という町会の掟に、どうしても納得が行かなかった。メイ子は「憲法上、女も男も同等だから女の子の両親も一世帯と見なせ。」と町会長に掛け合った。

当該世帯のお婆さんが、「メイ子さん、大した額じゃない。どうぞ払わせてください。」と懇願しても、「いえ、これは貴女だけの問題じゃない。絶対集金できません。」と突っぱねていたことがあったが、今考えると彼女には随分気の毒なことをしたものだと思う。

世間の渦に情の竿をさすこともせず、住んでいる世界が学生時代と同じく父や夫に守られた波のないプールとも気付かず、意気揚々と四角に生きて得意だった。夫も、エリート街道以外歩いたことのない人だったので、私の勢いに押されて、「メイ子は偉い」と自慢するのだ。それを夫婦二人の睦言だけにせずに姑や小姑達の前で披露されるのにはちょっと参った。夫の「今後はメイ子を見習う様に。」に至ってはさすがに困惑した。

窮する嫁のメイ子の立場に気付かない夫もまた、明るいお人好しなのだ。

父も夫もおしゃれだった。

父は外出着には凝りに凝って、銀座の一流店で誂えたものしか身につけなかったが、普段着は一切頓着しないことを美学にしている風で、洗い晒しの浴衣や、すすけたジーンズのオーバーオールを身につけた。

反対に夫はいつも身綺麗なアイビールックで、高価な洋服は厭がったが、「ちょっとゴミ出して来て。」とか「家の前の溝浚いの当番手伝って。」というと、することは嫌がらないのだがシャツもズボンも着替えないと人前に出られない。必然的に洗濯物が増えるので、メイ子はちょっとした仕事は頼まないことにした。

髪形も靴の型も、出会ってから晩年迄、一切変えていない。

ネクタイどころか下ばきでさえも定番があるので、私が気に入ってプレゼントすると、「悪いけどこれ返して来て。お金でくれないか。」と平気で言う。

「女は褒められると美しくなるものよ。たまにはきれいだねって言って。」と夫に注文すると、「うーん。僕嘘つけないのよ。でも気立ては良いよ。」どこまで正直なのか。実際には気立てのいいのはメイ子ではなく夫だったのだが。

「目に見えないものを褒めるな」とメイ子が言って笑い合う、他愛ない仲のよい夫婦をやっていた。

他人の好意を絶対に傷つけないことを信条に嘘を塗り重ねて、慎重に人間関係を築き上げる父の抱擁力、老獪さと、夫の無邪気さのどちらもおかしがって生きられる程、メイ子はしあわせだったと言っていい。

夫英次は、優しく無邪気な人となりゆえに、母が父によって火傷させられたと同じように、父の物真似ながらもメイ子の強烈な上昇志向の犠牲者だったのではないかと、没後二十年たって遅ればせながら私は気付く。本当に遅ればせに。

＊

英次は六十代の初め、たまたま体調を崩して入院しているとき肺癌が見つかった。

看病しているある日、メイ子はふと夫の空咳が普通でない気がして、すぐ精密検査を依頼した。結果はスキルス性肺癌。余命一年の宣告だった。

夫は、急逝した父の跡を継いで、社員三百名近い大世帯の倉庫会社の社長になっていた。

夫は、母親や兄姉妹にたっぷりすぎる程愛されて育ち、エリートコースを歩み、社会に出てからは大企業のサラリーマンとして挫折を知らず、明るい人柄そのままに生きてきた。

父の会社で役員だった時は、あくの強いやり方の父を批判していたが、社長になってからは出身の大企業では考えられない、よく言えば臨機応変、悪く言えばタガの外れかけた様な大雑把な中小企業の経営を立て直そうと躍起になっていた。

役員時代の彼の仕事は、会社のメイン業務である倉庫の坪貸し、倉庫丸ごとサブリースの不動産営業の担当ではなかった。全体の六〇パーセントを越す数の社員、派遣、パートを使って、厄介で人の嫌がる貨物の細かな仕分け、時間に追われる多方面への配送などの賃仕事を担当していた。

趣味のゴルフ、リズムダンス、麻雀には目がなく、父と同じ様に帰宅は深夜だったが、酒は余り好きではなかったから、結婚した最初は男が素面で帰って来るのがメイ子には不思議な光景だった。

「俺がお母ちゃまを泣かしたから、メイ子には堅い男がいい。」と父が賛成してくれた人で、申し分のない夫だった。

しかし夫婦の相性とはおかしなものだと思うことも良くあった。彼の家は兄妹親族が集まることが多く、特に妹が人気者で、彼女の会話で皆が大声で笑い合う。ところがその会話が私には一つも面白くないのだ。

反対に私が書物や他聞の滑稽な寸話を思い出して何度笑い返しても、夫にそのおかしみがどうしても伝わらない。それで夫婦仲がどうということもないのだが。

結婚以来、家庭内で喧嘩一つなく過ごして来たはずだった。

子供二人、家族四人の家庭内では、食べ物の好み、教育方針、親戚づき合い、金銭のやり繰りなど、多少意見が違っていても、どちらかが一寸譲れば争そう程の波風など起きようもない。

煮豆は煮崩した方が好みの夫、豆の形を苦心して残そうとする江戸前を任じるのが私。夫は、野菜のちらし寿司は酢飯に甘い具をしっかり混ぜ合わせてと言う。私は酢飯の酸っぱさを残すために具は混ぜないで載せるだけが好き。そんなどうでもいい争いは、どの家庭にもある夫婦生活の味つけに過ぎない。

ところが父の跡を継いだ途端に、メイ子も夫も自分達の立っている足下に拡がる大きな氷面の厚さが意外にも薄いことに気づき、身がすくんで次の一歩が中々踏み出せなくなってしまった。

父の支えがなくなった世界に自力で踏み出すよすがとなる杖の形状が、夫とメイ子では違っていた。つまり、私はその時初めて夫と全く異なる考え方をし、大げさに言えば文化の差があることを思い知ったのである。

会社の目指すべき経営方針が、全くかみ合わない。

メイ子は父の会社に入って、夫とは部署は違うが一緒に働いて、十年は経っている。

夫の指名で副社長職に就いていたメイ子だが、自分自身で気付かぬうちに夫にとって箸にも棒にもかからぬ厄介な怪物に育っていた。

それまで二人共、お互いの経営感覚の差に全く気付いていなかったのは迂闊というべきか、不思議というべきか。

父がいる間は、それぞれの言い分が社長である父の決断に収斂されてしまっていたために、二人の違いがあらわにならないで済んでいたのだろう。

甘い甘い結婚生活のほとぼりが冷めかけた頃から、自分に経済力を身につけて自分の足で歩きたいという忘れかけていた野望が、チョクチョク頭をモタげるのにメイ子は気付いていた。

子供の通う絵画教室の隅で、一緒に教えを受けて油絵など描いてみても、プロになる才能もない癖に安易に遊んでいて、自分の生活のためは何一つ働いていないという罪悪感に襲われて、イーゼルの向う側を自分の貴重な〝命の時間〟がスーッと流れて行くのが見えてしまう。

得意だった数学の参考書を買って来て、問題を解いて見たりしたが、何の感動も起きない。ひたすら働きたかった。

国民すべてが貧しかった戦後と違って、一九六〇年代、日本は高度経済成長に湧いていたとは言え、いやそれだからこそ所得格差が始まっていた。繁華街には行き場のない人がそこここにいて物乞いをしている。その人たちに今までの癖で少しの金を提供してみても、何だか嘘くさい。私の出すのは夫の金であって、自分の稼いだ金など一円も持っていなかったのだから。稼ぎたかった。正真正銘の自分の金が欲しかった。

その頃はまだキャリアウーマンという言葉ではなく、稼ぐ女は職業婦人と呼ばれていた。少しアルバイトをすると、友人に「よくそんなはした金のために自分の大切な時間を費消できるわね。」と言われた。「費消してるのは自分の時間よ。あなたはよく夫の時間を喰って生きられるわね。」と、憎まれ口においては人後に落ちないメイ子は反発した。

下の娘が小学校に上がる頃に、仕事を探してみた。

最初の仕事らしい仕事は、ＮＨＫの世論調査係に応募して、受け持ちの三十軒程を回って回答書を集めるものだった。

この仕事は、相手を説得するのがうまいメイ子には、似合いの仕事だった。「今忙しいから後で。」とか「うるさい。」と最初は断られていた相手から、「頑張っているわねぇ。お茶でも飲んでお行き。」と誘われて、回収成績は抜群だった。

これならＮＨＫの正社員になれるかと、世論調査に関する小論文を一生懸命に書いて、パートタイマー集めの責任者に勝手に送って社員に応募した気になっていた。それがＮＨＫなどに届くはずがないことも知らなかった。

たまたま友人の勤務先で会計を募集していることを知った。早速簿記の本を独習して三級を取り、二級を学習中に、「すぐ二級を取ります。」と約束して就職を果たしたのは、娘が中学に入る春だった。

入社してみたらお茶汲み兼の会計帳簿付けで、まったく二級なんか必要ないことが分かったので、すぐ勉強を中止してしまった。これが世間に対する私の最初の詐欺。

娘の中学入学のお祝いには、リボンのついた家の鍵を渡した。夫は当時としては珍しく、妻が外で働くことに何のクレームもつけなかった。

私の職場は補助金頼みの小さな福祉法人だった。外人や、エリート奥さん達十人程の事務所だったので、休み時間にはいろいろな議論をたたかわせた。自立とか、結婚生活と同棲の是非とか、結構楽しかったが、ここもやはり守られた特殊な温床だということを薄々感じ始めていた。

福祉の対象たるべき貧しい子供に投じる金に比して、海外の国際会議に出席するための役員達の衣装代などの経費が大きすぎる。

私の仕事は補助金の支払い伝票を正確に記入し、藁半紙に出金伝票を一枚一枚、丁寧に貼りつけて、毎月の帳簿を作成することと。翌年の補助金獲得のために当年の予算をきっちり一円残らず使い切るということ。これは離れ業だった。

五年経って東京から横浜市の外れに引っ越すことになり、そんなに高額な交通費は払えないと福祉事業団を馘になった。四十八歳になった女にとって再就職はなかなか難しく、これは父と夫というコネを頼るしかないと頼みこんだ。

社会福祉事業団を辞めて倉庫業である父の会社に就職。最初に目をつけたのは、社会福祉事業団で作った膨大な帳簿類を思い出し、補助金団体に出向いてすべて安価な保管料でお預かりしましょうという営業だった。

「都心でも、自前の倉庫を持っているから。」と、考えられないほど潤沢な資産を保有する補助金団体の断りで、この営業はうまく行かなかった。

物流業界にもコンピュータシステムでの在庫、入出庫統括という波が始まっていたので、「情報電算部を作れるなら会社に来てもよし。」という父のお墨つきを貰って、新大久保のコンピュータ専門校の夜学に通って会計や事務処理に適したプログラミング言語、コボルを習った。

一年足らずでガチャガチャと大きな機械を動かしてデータを読みとるコボルストラクチュアリングという、その時も今も全然わけの判らない免状を取得した。まだパソコンなどなかった時代だ。

「これで電算部が作れます。」と、これまたシステムが何だかも判らない父を口説いて、父の会社に入社した。これが私の二番目の大詐欺。

私の立場は父の会社だから特別優遇で、やはり温床には違いないが、福祉法人から中小企業に移って、日本の福祉は政治家でも福祉法人でもなく中小企業が担っているということを実感した。

求人難社会でも、人材選び放題、季節労働者という名のもとに馘首し放題の大企業。一方、ボランティアという美辞の看板を掲げての無料奉仕を強制する福祉法人。

それに比べて中小企業は、止むを得ずではあるがどんな人も区別せずに人集めをし、雇ったからには決して定年まで飢えさせないことを約束する。何しろ社員数が少ないから、一人一人の背後にある家庭環境まで透けて見えるのだ。

「子供が六人います。」と胸を張る男には、「おいおい、それを皆育てて喰わせなきゃならないのか。」と経営者は自分の負った荷物の重さとして実感してしまうのだ。

入社後二、三年して、メイ子は情報専門校から社員を募って電算のデの字も判らない部長になった。意気揚々と部屋の前に「情報電算部」と表札を掲げたところ、「情報電算部とは会社の知恵のつまっている心臓部だ。狙われたらどうする。

麗々しく表札を掲げるとは何事か。」と父に叱られた。

物流システムの知恵は社員一人一人の技術経験に頼っていて、メイ子の作ったのはまだ知恵のかけらもない情報電算部だったが、その言葉に発奮した。

経営に一番大切なものは情報を捌くシステムであり、データそのものであるという父の卓見が光る。

同じ会社にあっても、メイ子は経営の根幹に携わっていなかったので、その頃はまだ夫と意見の衝突はなかった。夫はメイ子の出しゃばりを面白がっていたから、「何か困ったことがあれば立派な考えを持っているメイ子に相談する様に。」と社員に言うので、私の増長は果てしがなかった。何かと言えば男女同権を持ち出すのには、ちょっと困っていたかも知れないが。

「男の営業マンは私服の背広で良いが、女性社員にはきちんと制服を着せて、客にお茶を出させた方が感じがいい。」という社内意見に、メイ子は「なぜ女だけが制服でお茶出しなのか。客が女性を喜ぶなら、制服はバニーガールにしよう。その替り女の客には男性もパーサースタイルでお願いします。」と反論した。

夫に社員教育のセミナーを頼まれたので、「理想の社員像とは」というアンケートを実施してみた。男は「向上心」を望むのに、女はなぜ「協調性」を目標とするのか。女は向上しようにも道を閉ざされているとしか思えない、チームのリーダーではなくあくまで縁の下の力持ちという役割しか与えられていないからではないかというメイ子の講義に、「そりゃないよ。」という幹部の意見が出て、二度とセミナー講師の役は回って来なかった。

父はそんな下々の動きには全く無関心だった。

メイ子も夫の立場を危うくすると思えるような過激な意見は、場面、場面でケロリとしまい込む術を身につけ始めていた。だから何も起きなかったのだ。あの日までは。

*

父が突然、夫にバトンタッチして逝ってしまった日から、何もかもが変ってしまった。

父が経営の後継の準備を何もしてこなかったから、私達も当然何も用意することをしてこなかった。迂闊といえば迂闊だが、八十歳になろうとしている父から、誰も全く老人臭を感じなかったからだ。

父は、自分でそう思っていた以上に、端から見ても死ぬとはとても見えなかった。女性問題は常にゴタゴタしているし、食欲も若者と同じ様に、いやそれ以上に旺盛だった。

多少無理していて見栄を張るところもあって、「食えるかどうかと皆が見てるから、食ったが、ステーキ500グラムは重いな。」などと言って得意がるし、母が亡くなってからは、若い女に合わせてか、背広もかなり派手になっていた。父の突然のドンデン返しこそ、父の得意とする茶目の一つとしか思えないのだった。

父は逝ってしまった。

社長になった夫は、自分が手がけて来た3PL部門以外の、自分の目から閉ざされていた不動産部門、金融部門の一大改革を試みようと必死になった。

高度成長時代には、大きなスペースを貸しつける倉庫業者であっても、倉庫を借りるテナント、倉庫を建ててくれる地主相手の契約など、かなりいい加減でも、得意先と自社とが一緒に並び立って成長して来た。腹と腹との暗黙の了解が成り立っていたのだ。金も物も溢れ、倉庫はいつも満杯で、新しい倉庫物件の需要を満たすことが急務であった。

「こんないい加減な契約書では駄目だ。」と法律遵守をモットーとする夫は、朝から晩まで熾烈に社員達をしごき始めた。

折しもバブルがはじけて、業績の縮小を迫られ、倉庫を契約期限前に撤退しようとする得意先、不備な契約書を盾にして約束を反故にする地主などが次々と出て来たから、夫のやり方は当を得ていたのだが、メイ子にとっては父の子飼いの社員達を余りにも厳しく責める夫が何としても気の毒でならなくなっていた。

夫は急に両肩にかかって来た重圧を必死に支えようと踏ん張っていたのに、私は二番手の気楽さと、長年安泰だった父の培った営業成績の歴史に甘えて、目の前で急に形相を変えてしまった夫を酷く非難したりしたのだ。

五十歳になろうとしていた頃、メイ子は閉経したと思っていた。

清々したと思っていたのに、二、三ヶ月もダラダラと少量の出血が止まらなく

なった。午前中、会社の近くのあまり流行っていない小さな産婦人科を訪ねると、

「流産しています。」ということで、そのまま緊急手術となった。

麻酔の切れ際、小さな病室の隣の事務室で二人の看護婦がしゃべっているのがはっきり聞こえてきた。

「筍の山椒和えっておいしいわね。」

「あれってどうやって作るの。」

「簡単よ。ほうれん草の青味と山椒の葉をすって、すりゴマと合わせるだけ。」

「すりゴマは出来合いのでいいのね。」

「うん。私はそれにくるみも少し潰して入れるけどね。」

聞きながらメイ子は、「くるみなんか入れたらしつこくないかしら。」などとぼんやり考えていたが、また一眠りしたらしい。

四時近くに目覚めて、即退院という。簡単なものだ。

先生が「あなた、結婚してますか。」と訊く。

「はい。」と答えると、「旦那さんは立派なもんだ。」と言われた。どういう意味か判らないメイ子は、「妊娠したんだから夫よりも私の方が立派ですよね。」と、聞き返した。

「いや、流産しちゃったから駄目だね。」と笑う。

後になって中年の夫婦の営みをからかわれたのだと気付くが、その時は夫を誉められたと嬉しかった。

それにしても、閉経したと思っていたのによく妊娠したものだと不思議に思った。夫の肌にくるまれているのが好きで、始終夫に絡まっていたが、二人とも楽な体勢で寝そべったまま体を温め合っているだけだったのに。

先生に誉められる程、夫は無理していたのだろうか。

その晩、流産の件は夫に話さなかった。

かくす訳ではないが、嬉しい事以外は自分で解決できることは処理済みとして片付けてしまう癖が、メイ子にはついていた。

夕食に遅く帰る夫のために、若竹の山椒和えを作った。くるみは擂り入れなかったが、美味しく出来た。


「あなたの病気、あれが原因かしら。」

社長就任後、二年程して刀折れ矢尽きた様に、夫が心の病を得てしばらくしてから、恐る恐るメイ子が口にした事件がある。

役員間で論争があった折、メイ子はあろうことか夫に反対意見の役員を支持する立場をとったのだ。メイ子としては経営上の意見は意見と割り切っていた積りだが、一番の味方であるはずのメイ子の反対は、深い挫折感となって夫を苦しめたに違いない。今になって悔やむ。本当に心から悔やむ。

「うん。あれかもな。」

すっかり静かになってしまった夫は、仕事の大部分を私に委譲して、私の言うなりに治療、入院、転院を繰り返した。どこに入院しても夫の骨にまで沁みこむような寂寥を取り除くことはできなかった。

夫は六十歳を過ぎたばかりだった。

病院内で、夫婦で闘病を続ける人達と知り合う度に羨ましく思うのは、いつも困難を二人で乗り越えようとする姿だ。看取る妻は夫を支え、病む人は苦しさから時に妻に辛く当り、時に妻に甘え縋っている。

しかし夫の闘病は孤独で、もうメイ子に甘えることも会話することも忘れていた。世間にも、そしてメイ子にも背を向けて、ひたすら命の先の暗闇を覗き込む日々だった。

きりっとしたズボンの折り目、ピカピカの靴、ワイシャツの衿先までピッシリ糊のついたものしか身につけなかった人が、もう身なりを構わなくなっていた。

夫は死ぬことばかり考えていた。

会話の代りに何回も私あてに遺書を書き残した。

多分その時だけ、私の方を向いてくれていたのだろう。夫が元気な時には一通も貰えなかった甘く暗いラブレターだった。だが達者だった筆跡は、書き直す度にどんどん乱れて弱まって行った。

「うつ」と言う病は、メイ子から夫を奪い、夫から生命力を吸い取り、昼も夜も夫を死の崖へ突き落す機会を執念深く狙い済ましていた。


その時に発見された癌という死病。

何があっても夫を自分勝手には死なせはしないと一人で頑張って三年近く、メイ子も疲れていた。癌は怖いがこれで入院してくれれば、私ひとりで夫を看取るのではなくなると安堵したのを覚えている。何と言う冷たい安堵か、思い出すと身体が震える。

夫がガソリンをポリタンク二個分買いこんで、車に積んで海岸へ出かけようとしたことがある。誰にも迷惑をかけない死の選択だったのだろう。営業に出かけたメイ子の得意先回りを見越して、「さようなら。」と電話をかけて来た。

その時、メイ子は自宅から三十分程離れた所にいたが、二時間程離れた所にいると大嘘をついて夫を電話口に釘付けにして、口説きながら時間稼ぎをした。社用車の運転手に「私が責任をもつから」と叱咤して、信号無視で走りまくった。

間に合った。

その時のほっとした様な、がっかりした様な夫の表情は忘れられない。

夫を取り戻した瞬間、メイ子もその場にへたり込んでしまった。夫はその時買い込んだガソリンの始末について、「絶対にストーブに使っちゃいけないよ。気をつけて始末しなさい。」と指示してくれた。一刻も家の中に置いておけなくて、庭の隅に穴を掘ってジワジワ流しこんだ。辛くて情なくて、ガソリンの穴にボトボトと涙も一緒に流しこんだ。

その後も自殺の危機は何度も訪れた。誰にも迷惑をかけない死に方などあるものではない。死という形で家族の愛情を裏切る。これ以上の迷惑などあるものではない。

愛する人を自殺で失って苦しむ家族の話を聞く度に、メイ子や子供達を深い苦痛から救ってくれた夫の努力には、今も深い敬意を捧げる。遺書に溢れる「生きているのが苦しい、死にたい、死にたい。」の文句が書きつらねてあるのに、精いっぱい踏み留まってくれたのは、メイ子への深い愛情からなのだと思えば、いつ読み直しても胸の奥が押し潰される。どんなにか辛かったことだろう。

夫を癌病院に預けてほっとしたのは事実だ。そして誰にも遠慮なく手放しでオイオイ泣いた。

泣きながら、私はなぜ泣いているのだろうと考えた。

父の言う「都会もん」の性で、メイ子は何でも理屈で辻褄を合わせないと納得できない。

メイ子は本当に夫のために泣いているのか、それとも夫に愛されなくても生き続けなければならない自分自身を哀れんでいるのではないか。

あんなにも死にたがっていた夫は皆に看取られて安らかに死ねるのだから、彼のために泣くことはないのだ。

自分のための涙を流すのは、妻の傲慢に過ぎないのだと自分を納得させることにした。

この自分に対する詐欺は、思い返せばちょっと可愛らしくもある。夫を看取る妻の職分を沈着に果たそうとする気概で「メイ子の涙」を封じ込めた。

しかし意識ではこんなにも頑張っているのに、身体がメイ子の意思を裏切ることもある。

眠っているのか、目覚めているのか判らない夢の狭間で、理由のつかない自分のための涙がダラダラとだらしなく流れる。

「ああ、これじゃ、明日の朝、顔が膨れちゃって化粧がのらないなあ」と現実的なことを考えているメイ子も同時にいて、自分の心はどれが本物なのか全く自分にもわからない……。


メイ子はまだ六十歳直前で若かった。

冷たい雪まじりの雨の降る日、入院するためのコネを求めて、東京の有名な癌病院の名医が移転したという茨城の町を走り回った。車の窓ガラスがどういう不調か、全開したままでどうにもならず、冷たい雨と風が車内一杯に吹き込んできて、寒いのか痛いのか良く判らなかった。修理工場に立ち寄って直そうなどとは思いつかず、一刻を争って走った。でも、やっぱり冷たかったなあ。

心の病院から、癌の病院へと夫を急遽転院させた。

まだ告知していなかったが、夫は全てを委せて従ってくれた。転院後にメイ子自身で夫に告知した。

人間というものは不思議なものだ。

あんなに死にたがっていた夫が、死の宣告を受けた途端に、生きることに執着しだした。と言っても決して前向きになった訳ではない。

命の淵を確かめるように、深く身を沈ませて、一秒、一秒、自分の心音の消えるのを聞き入っている。

たまに、本当にたまに私の目をのぞいたり、言葉をかけてくれた。その時のどんなに嬉しかったことか。

死ぬことばかり考えていた夫が一転、一刻も長く生き延びることばかりを考える様になっているのだから、人間というのは他人にも自分にも御し切れない急流の渦中に翻弄される小さな羽虫の様なものだと思う。

衰えた姿を見られることを嫌って、私と子供達以外、病室に入れようとしなかった。

私が側にいることは望んでいたが、何も会話しようとせず、薬の量、時間、検温リストのことばかり言っていた。

入浴と食事にはまだ興味を失っていなかった。

古い病院の個人風呂は、まるで小プールみたいに大きな浴槽だった。湯を溜め、夫の身体を洗うために、メイ子は病院内をショートパンツ姿で走り廻った。

東京の病院と神奈川の自宅の間を、勤めを持ちながらの看取りだから、買い届ける出来合いのすしやうなぎばかりでは飽きるかと思って、デパートで食材を買って病院内でちょっと味つけしたりした。

ある時、焼肉を温めた煙が病院中の感知器を鳴り響かせて、婦長さんがすっ飛んで来た。コテンパンに叱られた以上に、感知器の警報音に当事者のメイ子が一番に脅えて震えたものだ。

週末に許される夫のちょっとした外出時や、夫の食事の調理のために、会社のすぐ隣にアパートの一室を借りてみた。しかしこの部屋は夫の気に染まず、二月もせずに解約してしまった。いつも夫から目を離さないようにしていたが、一度も仕事を止めようとは思いつかなかったのは、なぜだろうか。

社長の代りはいくらもいるが、妻の代りはメイ子しかいないのに。

私は頑固に仕事を続けた。あの頑固さは何だったのかと今思う。社長であった夫の後任として実質的に社長職をこなしていたからでもあったが、それでも妻である以上、「なぜ会社を辞めないのか。」とメイ子の次の地位にある役員から何度も明らさまに圧力をかけられた。

大体母が病んでいる時に、父に向って看病のために会社を辞めろと誰も言わないばかりか、思いつきもしなかった。

なぜ女である場合は、社長であっても気軽にそんなことを言えるのか。

多分、本当は女であるからでなく、メイ子が経営下手の社長であったからに違いないのに、周囲の圧力がかえってメイ子の闘志を燃やさせる結果となった。

夫の命の先はあと数ヶ月だが、私の仕事の先はまだ限りなく続いていると思う計算も働いていたのだ。

私達の年代ではほとんどが働いていない妻だったから、他の病人の側には日がな一日、妻の付き添いがあったのに、メイ子は昼食前後の二時間程と午後四時以降から病院の閉まるまでの数時間のみ。

夫は態度でメイ子を求めはしなかったけれど、十分に淋しかったに決まっている。

＊

秋。

一年程の苦しい抗癌剤治療が劇的に、しかし医師の予告通りほんの一時的にではあるが肺を蘇生させて退院の運びとなった。

この時はさすがにメイ子も再発の予告はせず、夫は明るさを取り戻したかに見えた。

家族で大好きだったハワイに行こうと誘ったが、もう少し髪が伸びてからにすると言う。そこ迄はもたないことが判っていたが、夫に合わせて待つことにする内に、またも深い深い寂寥が夫を捉えた。

私が会社を辞めて夫に始終付き添うことをしなかったからに違いない。

医者や看護婦のいる病院に戻りたいと言い出した。

今度は辛い抗癌剤治療をしないで、ホスピスとして苦痛だけ取り除いてくれる様にと病院に頼みこんで、再入院となった。

「メイ子、可愛い奥さん、大好きだよ。別れたくも死にたくもないけど行かなくちゃならない。」

家を出る前に私を抱きしめてふと囁いてくれたこの言葉が、今だけでなくきっと死ぬ迄の私の命の支えになるだろうとメイ子は確信した。

半年後、夫は逝ってしまった。六十三歳。たった八年足らずの間に母、父、姑、夫と皆、逝ってしまった。

遺体の清拭後、娘が夫と二人切りにしてくれたので、病室の暗いベッドで重なって肌を合わせた。

冷たくはなかった。

優しくて、温かい夫が戻っていた。この時の夫とのキスほど、軽やかでメイ子の心に何の負い目も残さないさわやかな味をついぞ知らない。

理屈をつけないで、十分すぎるほど泣いた。

亡くなる二日前から、身体中の血液を絞り出して空っぽになってしまった夫の肺腑に向かって、「ワーン、ワーン」と悲しみの限りを吹き込んで泣いた。


それから半年は何かにつけて涙を流した。

一人になってしまった自分を慰め解放してやる、重いけれど甘い甘い涙だった。

だが一つだけ、どんなに泣いてもストンと心から落ちて行かない、割り切れない悲しみが胸につかえている。

亡くなる数日前、モルヒネで少しボンヤリしている夫は、もう自分の命の鼓動を数える気力もなくなっていた。

窓の外は梅雨の盛りで、限りなく窓ガラスに降り落ちる水の流れが、季節を感じさせない様に時間を呑み込んでしまっていた。

夫の瞳の奥は暗く、ベッドの脇に屈みこんでいるメイ子の存在にも気付かないと思われた。夫も一人なら、私もまた一人ぼっちの孤独に囲まれている。

夫が居なくなってしまった後を生きる時間の有り様は、きっとこうなのだろうとまざまざと目に見えて凍りつく。

握り返して来ない夫の掌を握って、暗い瞳の底に囁いた。

「あなたがいないと私生きて行けないわ。」その時、正気に帰った様にベッドからメイ子を見上げて夫が呟いた。

「メイ子、君は立派だなあ。」

死の床で母が「父のことはどうでも良い」と突き放したように呟いたのと同じに、夫は自分と妻との距離の遠さから、見知らぬ人の様にメイ子を見ていたのだろう。しかしそのことを夫の死後、暫くするまで気付かなかった。その時はただ堪なく淋しかっただけ。

夫はまだ生きているのに、メイ子はずっと前から寡婦になっていたのだ。ふと死の闇から覚醒してメイ子を見上げた夫は、長く連れ添った夫の死にもたじろがず、ビクともしない女の姿を見ていたのだろう。

抗癌剤で毛髪の抜けることや、髪の乱れることを嫌って、夫は入院した途端に学生時代から一度も変えたことのない髪型を坊主にしてしまっていた。

再入院して、肺癌治療を止めてから半年、却って体調が良くなっていたから、食事も良くとれて大して痩せもしないので病人らしくなかった。

毎日、メイ子が運び込む寿司やうなぎなどを黙って食べていた。

メイ子は思った。

夫は、病のせいで背を向けているだけで、私達は生きている時間をやはり夫婦として静かに過している、と。

健康な時にしていたのと変らず、夫の身の回りの世話をやき、身体を洗い、時にはそのまま病床のベッドに潜り込んだりもした。

夫は仕事に対する興味はすでに失っていたから、会社のあれこれを夫に説明することも、夫の方針に逆らう必要もなくなっていた。

メイ子は、夜遅くなっても必ず病院から家に帰っていたが、それを嫌がる素振りを夫は見せなかった。夫の没後、年を経る毎に、それがどんなに淋しいことだったかという思いが深くなる。

今になってから夫の見上げた立派な私、「メイ子」を、私自身はっきりとイメージできるのだ。

背が高く、体格も良く、赤ら顔で何事にも動じないでほほえんでいる女。女？鬼？


どんなに妻として甘えても、父の愛情が母を傷つけた様に、夫は強情で自立してしまったメイ子を見透かして、疾《とう》に私から遠くの人になっていたのだ。

父が言った予言、「今に見ろ。夫から見放されるぞ。」が最後の最後で当ってしまった。

一緒の会社で働く以前は、どんなに突っぱっても夫を頼り、自立、自立と言いながら夫の掌の中で跳ね回っていた妻を、夫もそしてメイ子自身もいつか見失っていた。

父が母にしたと同じ様に、いや父以上にメイ子は夫を深く、深く傷つけていたのだ。夫が呟いたように、夫亡き後、メイ子は一人で立派に、丈夫に、二十年も生きてしまった。

青春時代のカトリック教育の影響で育まれた宗教観から、〝孤独〟は人間である限り、生まれた時から人の命に備わる「原罪」として受け止めることが出来、たじろがず、本当に立派なメイ子の二十年。

小学生だった孫が「おばあちゃん、孤独死しないでね。おばあちゃんが死んじゃうこと考えるとぼく泣きたくなるよ。」と泣き顔して言う。

「おばあちゃんは孤独生を選択しているんだから、死ぬ時だけ皆と一緒の訳はないんだよ。」

狐につままれたような興醒めた表情の孫。可愛想に……。

夫ばかりでなく、可愛い孫も子供もそして何より立派な自分自身をどうしても傷つけずにはいられない癖がついてしまっている。

死ぬことを忘れて、この先いつまで立派に生き続けるのか、自分には判らない。母を喰い、父を喰い、夫まで喰ってしまって、今は自分自身を喰うしかなくなって、日の出を待ち焦れて、胸躍らせ、日がな一日、毒舌を楽しみ、日が暮れ始める前から酒を呑み、温かいベッドで懲りずに明日の夢を見る。

自分では見たことがないけれど、真正面から見たら、メイ子はどんな夜叉顔をしているのかと途方に暮れる。

日記了えて死なばや熱き七日粥

あとがき

敬愛する春陽会会員の成川雄一画伯の「ひまわり」の水彩画は、会社の役員室に掛けて毎日眺めている。

大輪の黄金の花弁を輝かせ、枯れてなお美しい「ひまわり」の存在感は、まるで父のようだと懐かしく、どうしてもカバーにしたくて、画伯にお願いしたところ、快く承諾いただいた。

また、カバーを外すと、真っ白い表紙に、この小説のモデルとなった今は亡き父母の写真がある。父母や夫はこれまで私を育み、導き、あの世から今でも声を掛けてくる。彼らはこの小説を読んだらなんと言うであろうか。

成川画伯、小説を書くことを勧めてくださった高校の同級生で作家の庵原高子氏、私の意を汲み取り、拙い文章を励まして根気よくやり取りをしてくださった冬花社の本多順子氏、美しい装幀をしてくださった熊澤正人氏、そして私の人生を眩しく輝かせてくれた父母、夫、子どもたち、孫たち、友人、会社の仲間たち、皆さまに深く感謝します。

二〇一六年一月

北川洋子

北川　洋子（きたがわ　ようこ）

1934年生まれ
1983年　月島倉庫入社
1994年　社長となる
現在　会長

ひまわりごっこ

発行日　２０１６年４月15日
著者　北川洋子
発行者　本多順子
発行所　株式会社 冬花社
〒２４８-００１３ 鎌倉市材木座４-５-６
電話：０４６７-２３-９９７３
http://www.toukasha.com
印刷・製本　株式会社 精興社

ISBN978-4-908004-08-7